Пастаноўка пытаньня, пытаньне
і неабавязковы адказ. Страх іншага чалавека,
ягонага ўяўленьня. Умоўнасьць!

Страх адбіцца, пабачыць і адчуць. Палітычнае
выказваньне, фарс у блытаных прасторах.
Крохкія спробы й дэклямацыі, упэўненыя
і бессэнсоўныя. Людзі бы ў люстрах —
люструюцца. Маўленьне, пошук вымовы,
хібная хада і праблемы з нагамі.
Маленькі раман з карцінкамі й гэтак далей.

Кот Грыпміна, імаверна лысы, шматгодзьдзе
шархацеў у хмызах каля чыгуначнай станцыі
Беларусь (некаторыя яго нават чулі!). А раптам
выйшаў і паважна пайшоў да грамадзкай
прыбіральні. Далей толькі бяда, а па ёй скруха, і
гэтак зноў і гэтак далей.

Пастаноўка пытаньня: а ці магчыма даць
дакладны адказ? Ізноў, гэта чарговая
камэдыя пра людзёў маладых і ня толькі.

Цімур Кудзеліч — пісьменьнік і кніжнік
зь Менску. Цяпер жыве і працуе ў Варшаве.
Прыхільнік арганічнага авангарду
і літаратуры ўмоўнасьці. Аўтар кнігаў прозы
„ЯК“ і „Пацукі“, і паэтычнага зіну
„бяз гэтага — усё“.

Цімур Кудзеліч

•••

Значныя Дні

раман

Cimur Kudzielič
Značnyja Dni : novel

Skaryna Press
London
2025

Рэдактар   *Віктар Жыбуль*
Камэнтары й Папраўкі 84-100
                Настасься Бароўская
Мастачка вокладкі *Даша Птушка*
Ілюстрацыі   *Кацярына Чуняк*
                Серафім Ганічаў
                Маргарыта Марозава
                Вераніка Кандрацэнка

ISBN 978-1-915601-56-8

ЗЬМЕСТ

Уваход

Уваход: дзьверы.

Празь дзьверы — уваход у расьцягнуты пакой з умоўнымі сьценамі, сядоўнямі й жыхарамі.

Зь іхнай умоўнай колькасьцю.

Калі ўваходзіш празь дзьверы — кідай усе сумнёвы. Калі трэба ўвайсьці — уваход; калі трэба, то — і гэтак далей.

Унутры: сьцяна, труба, мыйнік, унітаз.

Туды далей: яшчэ ва ўнутар. Далей яшчэ.

Далей, ва ўнутар, — Уваход.

Сапраўдныя дні

1.

Ад чыгуначнай станцыі Беларусь управа дзесяць мэтраў. Управа дзесяць мэтраў — гэта калі стаіш тварам да станцыі, азадкам да цягнікоў ці рэйкаў, ці ўвогуле, лепей сказаць, да чыгуначных шляхоў стаіш азадкам, то-бок толькі зьяўляешся ў Заслаўі. Калі, наадварот, ужо зьбіраешся зьяжджаць і ўжо, напрыклад, ёсьць квіток на электравік Маладэчна — Менск, ці, напрыклад, Гудагай — Менск, ці, напрыклад, Беларусь — Менск, ці, напрыклад, на нейкі іншы, ці ўвогуле квітка няма, але вось стаіш азадкам да станцыі Беларусь[1] і табе захацелася сікаць ці серыць, так бы мовіць, то тады ўлева дзесяць мэтраў, там будыначак на два грамадзкія ўваходы: паўднёва-ўсходні ды паўночна-заходні. Паўднёва-ўсходні — мужчынскі, паўночна-заходні — жаночы.

Два грамадзкія ўваходы, яшчэ некалькі дзьвярэй, уваходаў для людзёў службовых і іхных туды ўваходаў праз залезныя дзьверы. Так адразу і пабудавалі, і пабудавалі адносна нядаўна, колькі год прайшло — пяць-шэсьць — тады ж сама і завёўся там гэны, гэты спадар Міхал Сьцяпан, вучоны чалавек, якому, што відавочна, працы не бракавала, але вось так зьбеглася жыцьцё, то-бок абставіны зьбегліся[2].

Зрэшты, працы яму ніколі не бракавала, хоць, па шчырасьці, і браў ён толькі палову ад абавязкаў, на яго пакінутых, ці ад абавязкаў, на яго пакладзеных, а менавіта ўваходзіў і спрэс звышстаранна гэтак далей[3] толькі ва ўваход мужчынскі, паўднёва-ўсходні, дзе выконваў свае абавязкі. Абавязаны кантрактам спадар Міхал Сьцяпан меў сумнёў, што ўласна дажыве да ягонага сканчэньня, апроч таго меў уласны сумнёў, што перажыве нават недарэчнага лысага ката, што меўся паблізу ягонай прыбіральні й часьцяком зьяўляўся ў мужчынскай частцы туалета і, далей, часьцяком[4] зазіраў Міхалу Сьцяпану ў вочы й упэўнена гаварыў.

Працуйце дбайна і старанна, спадар Міхал Сьцяпан.

Спадар Міхал Сьцяпан асабліва баяўся простага позірку на сябе, асабліва з упэўненымі словамі загаднага ладу дадаткам, праз тое працаваў з падвоенай моцай, імпэтна перамываў падлогу што-такі-дзень і ў не такі дзень таксама перамываў, бо асабліва баяўся не апраўдаць надзеяў гэтага лысага ката. Тым часам жаночая частка тухла й тохла, бо што лысы кот, што лысаваты мужчына спадар Міхал Сьцяпан не хадзілі туды, што зразумела, бо яны абодва былі мужчынамі, то-бок усьведамлялі сябе гэткімі, але, згодна з праўдзівымі заўвагамі, мужчынская частка напраўду тухла й тохла прынамсі ня менш за жаночую, бо, як можна меркаваць, ейныя карыстальнікі куды горш авалодалі навыкам яе выкарыстаньня нават пры ўмове таго, што мелі ўнітаз, таксама імаверна можна меркаваць пра тое, што спадар Міхал Сьцяпан меў пэўныя праблемы з тым, каб шчыра выконваць сваю непасрэдную працу, пачэсна на яго пакладзеную, — але ў жаночым туалеце не рабіў нават і таго. Аднак аднойчы, справядлівасьці дзеля, Міхал Сьцяпан, спадар Міхал Сьцяпан, аднойчы зьяўляўся ў жаночай прыбіральні[5] — гэта адбылося адносна нядаўна, колькі год — пяць-шэсьць — калі ўладкоўваўся на працу — але тады спадар Міхал Сьцяпан проста заходзіў у будынак праз мужчынскі паўднёва-ўсходні ўваход дзеля падпісаньня кантракту, які падпісаў і потым выйшаў, але выйшаў праз жаночы паўночна-заходні ўваход — ён потым дзівіўся, як апынулася так, што будынак апынуўся скразным, але дзівіўся тым з агульнай зацікаўленасьці тым, як сьцены могуць ператварацца ў лазы ды наадварот, а не з зацікаўленасьці падзівіцца, як жанчыны сікаюць ці сераць.

Нельга сказаць, што спадар Міхал Сьцяпан увогуле не цікавіўся жанчынамі, дзяўчатамі, жаночым полам увогуле, хутчэй ён увогуле не цікавіўся тым, як ён[6] сікае ці серыць, але дакладна тое, што яго цікавіў жаночы пол, але толькі ў азначаным пляне, і ён нават задумляўся пра тое, каб займець пэўныя стасункі з жанчынамі, лепей сказаць, з адной жанчынай, бо пэўнымі ў гэтым выразе, відавочна, завуцца азначаныя стасункі рамантычнага пляну, а спадар Міхал Сьцяпан у гэтым азначаным пытаньні[7] быў чалавекам прынцыпова кансэрватыўным і заўсёды сядзеў на сваім: патрабаваў адной жанчыны рукастай.

І так далей, адным днём, летнім, спадару Міхалу Сьцяпану гэты дзень падаваўся летнім, бо ён быў досыць цёплым, нават быў даволі сьпякотным, спадар Міхал Сьцяпан сядзеў у кажуху каля ўваходу ў свой паўднёва-службовы ўваход і дапальваў адзінаццатую цыгарэту[8]. І так, далей сядзеў спадар Міхал Сьцяпан каля сваёй каморы сьмярдзючага будынку формы неідэальнага квадрата зь нейкай архітэктурнай дэтальлю, архітэктурным выбрыкам ці архітэктурнай халерай у некалькі мэтраў на ўсход за халеру даляраў і паліў сваю адзінаццатую цыгарэту. Яго абміналі людзі абапал, яны ішлі ў свае прыбіральні ў адпаведнасьці з сыстэмай: жаночы паўночны захад; мужчынскі паўднёвы ўсход — і сярод тых людзёў прайшла жанчына — тая самая ў самым звычайным разуменьні гэтага выразу. То-бок гэта была тая самая жанчына, здольная зачапіць спадара Міхала Сьцяпана ва ўсёй ягонай кансэрватыўнай прынцыповасьці.

І так яна, рукастая, ішла пякотным летнім[9] днём ад чыгуначнай станцыі Беларусь і вырашыла не заварочваць за будынак, а пайсьці ў найбліжэйшы ўваход прыбіральні, то-бок у паўднёва-ўсходні, суадносна, у мужчынскі — таму гэта, пэўна ж, акурат момант, то-бок рыхтык шанец для спадара Міхала Сьцяпана — хапком узьняўся, схапіў яе пад пахі, выхапіў торбы, павітаўся, прэзэнтаваўся, пагасіў недапалак, павярнуўся, усьміхнуўся, павёў за падпахі да жаночай прыбіральні, пастаяў пры дзьвярох.

І так, ручай журчаў, ажно звонку было чутно. Вядома, што гэта зусім ня тое, што спадар Міхал Сьцяпан цікавіўся, як нейкая жанчына там сікае ці серыць[10], але і гэтая жанчына ня нейкая жанчына, а тая самая жанчына[11], таму ён прыслухаўся, нават рукой заклаў адное вуха, і, вядома ж, яму падалося добрым знакам здаровае імклівае бруеньне. Ён нават пасьпеў прызадумацца, што калі ён ажэніцца з гэтай той самай жанчынай, што калі ён зараз яе падхопіць, запрапануе гарбату і, далей, яшчэ запрапануе стрэчу дзесьці, напрыклад, недалёка, напрыклад, адразу ж заўтра ўжо, але прысаромеўся, як яна выйшла, прыпусьціў галаву, надзьмуў шчокі й перакрэсьліў тулава рукамі.

Вы мясцовая?

Тая жанчына, крыху зьбянтэжаная таксама, выйшла цалкам з уваходу ў прыбіральню, заадно мітусьліва падпраўляючы спадніцу ўніз па каленях, узьняла галаву, бы толькі збуджаная заўважыла спадара Міхала Сьцяпана, але найшчыра пачырванела і падняла голас, засакатала.

Я Ве()а Ве()ас, ці я спада()ыня Ве()ка Ве()ас, я стаяла азадкам да — ці, лепей сказаць, стаяла азадкам да чыгуначных шляхоў, калі я ўцяміла, што я хачу сікаць. То-бок я толькі зьявілася ў Заслаўі.

Вы толькі сышлі зь цягніка?

Я зь цягніка Менск — Гудагай ці Менск — Маладэчна, але дакладна не зь цягніка Менск — Бела(л)усь.

Вядома тое, што тое было шчырым, — спадар Міхал Сьцяпан жадаў ветліва пазнаёміцца, паслухаць чалавека[12], але ён бачыў такіх людзёў, якія прыяжджалі, на сваёй чыгуначнай станцыі Беларусь ледзь не штодзённа, таму ён, канешне, ня стаў бы слухаць усяго, але ж — літары Р, адсутныя, зьнікалі з рота спадарыні Веркі Верас цераз дзірку ў сківіцы памерам акурат у адзін зуб, — гэта яго трошкі крывіла.

Я ехала ў ста(л)ым, я ехала ў агідным і потным электа-цягніку. Я пэўная, што такія езьдзяць выключна далей за Бела(л)усь і мой, іма-пэўна, таксама паехаў далей, бо ён спыніўся, каб мяне высадзіць, і ён паехаў далей, напэўна, на Гудагай, але неістотна.

Спадар Міхал Сьцяпан слухаў ня ўсё.

Там няма кандыцыянэ(нэ-ла)! — А дзень сёньня цёплы, і нават можна сказаць, што дзень сёньня сьпякотны.

Спадар Міхал Сьцяпан раскрыжаваў рукі, плюнуў долу і запаліў дванаццатую цыгарэту[13].

Дзень летні, як я ўважаю.

Спадарыня Верка Верас паглядзела долу, туды ж сама.

Выглядае на тое.

…

…

Вы хочаце гарбаты?

Я хацела б выпіць чаю, ня вельмі шмат, каб потым зноўку не ісьці да вас у пл(ылыбілалаль)ню, але досыць шмат, каб застацца на пэўны нейкі час, нап()ыклад, на паўгадзіны побач з вамі — калі вы дазволіце, я магу выпіць дакладна адзін кубак.

І спадару Міхалу Сьцяпану проста ў вочы[14] паглядзела спадарыня Верка Верас. Ён адвярнуўся на мейсцы і кароткім хуткім крокам пайшоў да сябе ў камору і там дастаў агромністую бутэльку вады, разьлічаную на імбрык для гарбаты. Яна стаяла пры дзьвярох і ля зэдліка каля ўваходу.

Спадарыня, вы, уласна, пасікалі?

Пасікала, але калі я п'ю чаю, о-то, то, можа, я пасікаю яшчэ.

І ці мылі вы рукі пасьля прыбіральні?

Спадарыня Верка Верас зьбянтэжылася, налілася чырваньню, пачырванела, агулам, зьбянтэжылася, але ўпэўнена і проста ў вочы адказала: так.

Так!

І злы спадар Міхал Сьцяпан быў упэўнены, што гэта хлусьня, бо, хоць ён ніколі не зазіраў у жаночую прыбіральню ля станцыі Беларусь за выняткам аднога азначанага, апісанага выпадку, бо быў мужчынам, то-бок усьведамляў сябе гэткім і гэтак далей, але дакладна ведаў, што там няма ніякіх мыйніка, вады, крана, вады, унітаза і гэтак далей, і гэтак далей.

Я памыла!

Ёсьць толькі дзіркі, і спадар Міхал Сьцяпан выліў ваду ў далоні спадарыні Веркі Верас, заліўшы ёй спадніцу, кашулю і рукі. Ён застаўся ня ўпэўнены, што яна — гэта тая, самая жанчына.

Чаму вы пе(лр)шай сп()авай бе()ацеся недаве(л)ам? Для чаго вы ад(лг)азу ільяце мне ваду, заліваеце спадніцу, якую я сёньня старанна ап(н)анала і нават пад(пл)анаўляла таксама. Спанда(), мне настолькі неп()ыемна, што я нават гатовая назваць вас неп()ыемным, ці нават хамам, ці нават (валазопам) таксама[15].

Спадарыня Верка Верас зайшлася з ганьбы, зарумзала і за-сьвісьцела празь дзірку і рабіла тое, пакуль яе выпіхваў спадар Міхал Сьцяпан.

Я ня мыла — ня мыла я ()укі!

Зьявіўся кот і зазірнуў у вочы й гэтак далей[16].

І так далей, наступным днём за першым[17] спадарыня Верка Верас ізноў хацела сікаць. Гэта быў ейны другі дзень у За-слаўі. Яна пераночыла дзесьці, неістотна, дзесьці аран-давала кватэру, неістотна, неістотна, яна не захацела там сікаць, бо, неістотна, ня выпіла напярэдадні гарбату ці, неістотна, неістотна, выйшла на шпацыр сама, ішла па ву-ліцы, неістотна, ля дому нумар, неістотна, неістотна, ішла і думала пра свае нейкія рэчы, неістотна, пра спадара Мі-хала Сьцяпана, імаверна, неістотна, неістотна, і зразуме-ла, што хоча сікаць ці то нават серыць, неістотна, і што яна ў гэтым горадзе новая і ведае толькі адную грамадзкую прыбіральню, неістотна, неістотна, яна можа схадзіць і ў незнаёмую, неістотна, але пайшла да станцыі Беларусь, неістотна, неістотна, неістотна.

Спадар Міхал Сьцяпан сядзеў ля ўваходу ў сваю камору і паліў адзінаццатую[18] цыгарэту, імаверна, дзень быў лет-нім, напэўна, бо было сьпякотна, адносна, але яго гэта ніяк не кранала, магчыма, ён ужо забыўся на сваю ўчорашнюю крыўду, бо, забачыўшы спадарыню Верку Верас, лагодна зьвярнуўся.

Верагодна, вы зноў у прыбіральню?

Неістотна!

Спадарыня Верка Верас крыкнула, абагнула два вонкавыя прыбіральніцкія рогі па пэрымэтры прыбіральні і забег-ла ў паўночна-заходні, то-бок у адзіны жаночы ўваход.

Спадар Міхал Сьцяпан дапаліў, падняўся, наўпрост абаг-
нуў адзін прыбіральніцкі рог[19].

Спадар Міхал Сьцяпан падышоў да адчыненых дзьвярэй
і прыслухаўся: той імклівы ручай пераймаўся імклівым
бруеньнем, вусьцішным цурчаньнем, гучным сьвістам
вады, што сьцякала ў зьліўную трубу.

Вы падслухоўвалі! Я чула вашыя к(лр)окі, я чула вашыя
ногі, боты, боты, хаду ног! Я чула, як вы ўздыхаеце!

Спадар Міхал Сьцяпан стаяў непарушна, схіліў галаву і не-
пахісна адно толькі не хацеў бачыць позірк спадарыні Вер-
кі Верас[20].

Няпраўда!

У нос і ў дол.

Неістотна!

…

Спадарыня Верка Верас працерла рукі вільготнымі сурвэт-
камі й запхала іх у кішэню спадніцы так, каб яны засталіся
тырчэць бруднымі вонкі.

Неістотна!

Неістотна!

Так гугнява ўніз, дзе ягоных вачэй нікому не было бачна,
нават спадарыні побач. Яна паклала руку спадару Міхалу
Сьцяпану вышэй за локаць, яна паклала руку спадару Мі-
халу Сьцяпану на плячо[21].

Калі будзе ласка, можна, калі ласка, чаю.

У сваёй каморы той мужчына, які ўдаваўся пакрыўджаным
падлеткам, непасрэдна сам квітнеў. Ён уласна ледзь ня
лётаў: узяў бутэльку, заліў імбрык вадой, запарыў гарбату
ў двух кубках і хуткаімгненна падаў адзін зь іх спадарыні

Верцы Верас, якая пакрысе распавядала спадару Міхалу Сьцяпану, хто яна, адкуль яна, што яна тут робіць, колькі яна тут яшчэ будзе.

Спадар Міхал Сьцяпан слухаў утроху.

Спадар Міхал Сьцяпан распавёў спадарыні Верцы Верас, хто ён, адкуль ён і гэтак далей.

І гэтак далей, каб той кот, халера, неістотна, халера, здох, каб яго халера, ён здох, дурны кот і гэтак далей.

Я ня буду неадкладна сыходзіць, дакладней, ці я магу пачакаць ці яшчэ дапамагчы, ці яшчэ пасядзець тут і дапіць свой гэты чай, — але кот паглядзеў спадару Міхалу Сьцяпану дакладна ў вочы й гэтак атрымалася далей.

І так, далей[22], яшчэ адным наступным днём, спадарыня Верка Верас намэтна ішла да спадара Міхала Сьцяпана ў азначанае мейсца, каб зь ім там стрэцца і, гледзячы проста ў вочы, запытацца: чаго ён так баіцца?

Чаго вы так баіцеся?

Спадар Міхал Сьцяпан адвярнуў галаву — у ніжні кут.

Чаго вы так баіцеся?

Спадар Міхал Сьцяпан закрычэў.

Ката!

Спадар Міхал Сьцяпан зарумзаў.

Ката.

І тулавам адвярнуўся чырвоным у кут такім чынам, што спадарыню Верку Верас перахапіла на выбачэньні: даруйце.

Выбачайце, Міхал! Выбачайце, я, спада()ыня Ве(л)ка Ве(л)ас, адзінае хацела запытацца, чаму штозаўсёды на вас так уплывае гэты кот, чаму ён заходзіць, вас пужае і гэтак далей хоча. Я бачыла усякіх катоў паўсюль, я нават іх ганяла падво(лгх)камі й ганяла іх дахамі й па ўсёй хаце нават, але ніколі не было такога, каб, Міхал, мяне ганяў кот, таму я хацела спытаць, чаму ён вымушае вас ганяць мяне.

Спадар Міхал Сьцяпан не адказаў.

Чаму гэты кот глядзіць вам так у вочы? Чаму вам так важна ці вам так страшна быць заўважаным ім? То-бок важна ці страшна так, што вы выбачаецеся і ідзяце па свае пападлоземяцёлкі й іншыя ўсякія мыйні, каб памыць падлогу паўсюль, каб на вас ня што?

Не крычэлі.

Каб на вас не, і вы таму баіцеся таго, каб на, і таму вы, уласна, пападлозевозіце ўсякімі мыйнікамі?

Гэта мая праца!

І кудысьці ў бок, падалей.

Непасрэдна!

Але, Міхалу, вам упадабае, калі я вас так клічу, — я інакш не магу. Вы ж мусіце мыць падлогу так, каб людзям было, але не катам было дакладна.

Непасрэдна мне няважна!

Але што вам з гэтага недагеглага коціка?

Я не магу цярпець такі позірк, такога ката асабліва не магу цярпець.

Спачатку спадарыня Верка Верас ня зважыла[23], але і не прыняла[24]. Самае важнае ёй цяпер — заразумець гэтага ката, якім чынам ён працуе, якім чынам ён такім чынам уплывае на падсьвядомасьць ці на сьвядомасьць мужчыны — спадара Міхала Сьцяпана — ці, магчыма, на сьвядомасьць іншых мужчынаў таксама.

Вельмі важнае цяпер — тое, што засталося ўцяміць.

Рукой яна кранула руку спадара Міхала Сьцяпана, каб ён стаў, напрыклад, больш даверлівым да яе, адкрытым ці расчуліўся да яе, напрыклад, адкрыўся і падзяліўся зь ёй тым, пра што ён думае, і яшчэ шмат варыянтаў напрыклад[25] — няважна.

Я маю праблемы з позіркам у вочы.

Патлумачце мне гэта, калі будзе ласка.

Я не магу глядзець у вочы.

Але чаму вы не глядзіце ў вочы? Вы баіцеся ціску адтуль ці баіцеся вонкавай злосьці, магчымасьці, упэўненасьці, важнасьці, чуласьці, немагчымасьці, лютасьці, ці вы баіцеся яшчэ гэтага далей?

Я баюся быць у адбітку вачэй, дзе адбіваюся для сябе іншым чалавекам.

Чаму?

Мне гэта важна.

Але?

Балазе кот зазіраў упалову, не заўсёды, але і таго зь лішкам ставала.

Але чаму вы?

Я ўпэўнены, што ў вашых вачох прызвычаюся за два тыдні напрыклад, мы можам пакрысе ў іх адно адному глядзець але я баюся, што я баюся.

Але гэты лысы кот?

Яго зваць Грыпміна, ён яшчэ зусім маленькі.

Дурны?

Ён кот, які глядзіць у вочы.

Ён вас пужае?

Гэтым.

Пакажыце.

Я не магу.

Мяне гэта, можна сказаць, мяне гэта юшыць.

Спадара Міхала Сьцяпана тое таксама юшыла. Тое: тое, што ім кіруе кот Грыпміна, лысы кот, які тое, вядома, заўважаў.

…

Дзе гэты кот?

…

Калі ён яшчэ зьявіцца?

Ён шпацыруе, напэўна, ён шпацыруе паблізу.

Дзе?

Гэтая спадарыня Вера Верас дурнуха нейкая, пэўна, бо кот і без таго апошнім часам наведваецца часьцей і часьцей га- ворыць, і, што найважнае, часьцей глядзіць, таму і без таго немагчыма, а з тым пагатоў так, што адзінае выйсьце — .

Яшчэ раз я тут пабачу, я буду лютым.

І гэтак спадар Міхал Сьцяпан не стрымаўся, накінуўся на ката, схапіў яго пад пахі, запхаў пад кажух і гэтак далей, але кот па-коцку спрытны, выхапіўся, выдрапаўся, заваліў мужыка, насеў кіпцюрамі на твар, зьлез і, хістаючы лы- сай дупай, карычневай дзіркай, лысым хвастом выйшаў з адзінай службовай каморы й зачыніў адзіныя службовыя дзьверы з усім спадарствам за імі схаваным у цемры цяпер.

...

...

Што найважнае цяпер — цяпер спадару Міхалу Сьцяпану не было страшна.

Спадарыня Верка Верас крохкім рухам дастала руку з-пад усёй цемры, потым незаўважна дастала нагу — і за нагой нагой выціснулася вонкі за дзьверы.

...

Што найважней цяпер — цяпер спадар Міхал Сьцяпан узяў вяроўку і гэтак далей. Засіліўся і гэтак далей, халера, неістотна[26].

2.

Злая-злая-злая: я злая!

Валя ішла праз чыгуначныя шляхі, пераходзіла на іншы бок, хацела чупа-чупс.

Мне патрэбны чупа-чупс!

Валя падціскала плечы да галавы, горбілася і глядзела выключна ўніз, выключна на свае пантофлі.

Ненавіджу: я цябе ненавіджу!

Валя крыкнула на левую пантофлю.

Ты кепская! Ты вельмі кепская!

Валя крыкнула на правую пантофлю.

Злая-злая-злая: я злая!

Валя перайшла чыгуначныя шляхі, павярнулася і пайшла ўздоўж іх.

Мне патрэбны чупа-чупс!

Валя падышла да сьметніцы, ляснула па баку левай пантофляй, і рухомая частка захісталася. Унутры была адная шкляная бутэлька.

Мне патрэбны чупа-чупс!

Валя залямантавала, ляснула па сьметніцы колькі разоў, тая расхісталася так, што бутэлька ўнутры ледзьве не разьбілася, але Валя апусьціла руку і схапіла яе.

Ненавіджу: я цябе ненавіджу!

Валя адляпіла ад бутэлькі цэтлік і паклала яе ў торбачку. Загрымелі бутэлькі ўнутры.

Я жадаю, каб цябе ніколі не было!

Валя крыкнула на левую пантофлю.

Поскудзь!

Валя крыкнула на правую пантофлю.

Ненавіджу: цябе!

Валя падышла да сьметніцы, штурханула яе нагой, узяла дзьве бутэлькі, адляпіла ад іх цэтлікі, паклала ў торбу. Загрымелі бутэлькі ўнутры.

Я вельмі злая!

Валя падціснула плечы да галавы й згорбілася. Яшчэ мацней. Цяпер яна глядзела долу, ішла, глядзела долу, выключна ўніз, вочы выключна на пантофлі.

Зьнікні!

Валя крыкнула на левую пантофлю.

Зьнікні!

Валя крыкнула на правую пантофлю.

Мне патрэбны чупа-чупс!

Валя дастала, адляпіла, паклала. Загрымелі.

Ты кепская!

Валя крыкнула на левую пантофлю.

Я цябе ненавіджу!

Валя крыкнула на правую пантофлю.

Каб цябе халера!

Валя стала ў чаргу па здачу бутэлькаў. Перад ёй было тры чалавекі: мужчына-мурло, мужчына-валацуга, жанчына-жлукта.

Злая, злая!

Валя стала трэцяй у чарзе. Перад ёй было два чалавекі: мужчына-мурло і мужчына-валацуга.

Я вельмі злая!

Валя стала другой у чарзе. Перад ёй быў толькі мужчына-мурло.

Мне патрэбна здаць бутэлькі!

Валя здала ўсе бутэлькі па сем капейкаў за штуку, то-бок за шэсьць штукаў ёй адлічылі й выдалі на рукі 42 (сорак дзьве) капейкі.

Я цябе ненавіджу!

Валя крыкнула на левую пантофлю.

Ты кепская!

Валя крыкнула на правую пантофлю.

Мне патрэбны чупа-чупс!

Валя падала 42 (сорак дзьве) капейкі, што ёй папярэдне ўплацілі ў пункце здачы шклатары, а таксама дадала 2 (дзьве) капейкі невядомага паходжаньня, але наяўныя ў кішэні ейнай курткі. Вынікам атрымалася 44 (сорак чатыры) беларускія капейкі.

Два чупа-чупсы!

Валя забрала чупа-чупсы, паклала іх у кішэню і выйшла з крамы. Пакрочыла да чыгуначнай станцыі.

Халера, хутчэй!

Валя крыкнула на левую пантофлю.

Халера, рухайся!

Валя крыкнула на правую пантофлю.

Чупа-чупс!

Валя прысела на агароджу блізу чыгуначнай станцыі Беларусь, праваруч ад яе, у бок грамадзкай прыбіральні, на палове шляху да яе.

Халера!

Валя ўзялася за самы ніз палачкі, крохка разгарнула абвёртку, паклала чупа-чупс сабе ў рот. Потым прыйшлі людзі з пункту здачы шклатары, хтосьці зь іх, з поўнымі шклатарамі, яны селі побач з Валяй, можа, на пэўную адлегласьць, але невялікую, селі блізка.

Каб яго пабрала!

Валя выкінула пустую пагрызеную палачку, дастала яшчэ адзін чупа-чупс, зьняла абвёртку, скамячыла яе ды кінула да пагрызенай палачкі долу, запхала апасьля гэты новы чупа-чупс са смакам яблыкаў сабе ў рот. Яблыневы чупа-чупс быў кіслы, праз гэта ў Валі трошкі зводзілася сківіца, што выклікала ўсьмешку.

Халера.

Валя спужалася цягніка, які прыйшоў да станцыі.

Валя! Каб цябе халера, дурніца малая! Што ты жарэш?

Сьвета ляснула па палачцы яблыневага чупа-чупсу, што тырчэла з Валінага рота. Ляснула адмашыста, быццам і не намэтна, але ляснула так, што цукерка вылецела на асфальт і разьбілася, папярэдне балюча закрануўшы два верхнія зубы, асабліва вялікія два зубы, два зубы — нагоды для кпінаў.

Валя! Зараз дамоў прыйдзем — ні халеры жэрці ня будзеш, поскудзь!

Сьвета ўзьнялася на сапраўдны лямант, а Валя праз гэта пужалася, налівалася чырваньню, чырванела, агулам пужалася, мармытала: ненавіджу, не люблю, халера, злая зьнікні, — на свае пантофлі, а потым і ўвогуле ціхенька заплакала.

Валя! Годзе румзаць, хадзем дамоў!

Сьвета схапіла дачку за руку і ўскідзістым рухам угару скінула яе долу, потым гэткім самым рухам падняла яе, паставіла на дзьве нагі, спарадкавала, прывяла ў парадак, агулам падпарадкавала, вынікам падпарадкаваная Валя згорбілася, падціснула плечы да галавы й паволі пайшла крохкім крокам, ціхенька мармытала свае ўсялякія пракёны на свае дзьве пантофлі.

Валя! Га! Шыбчэй, га, халера! Ідзем!

Сьвета прасунула Валю ўперад, у зграю кампаніі, ва ўнутар яе, туды прапхнула, прашурхнула, праціснула, пратузала, скіравала туды, дзе невыпадковая там жанчына выпадкова тузанула ды ляснула дзяўчынку па галаве, выбачылася і сказала яшчэ Сьвеце, дадала, зноў выбачаючыся, нешта пра чыгуначнае, станцыённае, грамадзка-прыбіральніцкае, нешта пра сваё, пра важнае з апошняга, халера, неістотна, неістотна, а Сьвета сваім адказам сказала забі зяпу і, уласна, усё, пайшла.

Валя! Халера, рухайся!

Сьвета падціснула плечы да галавы, згорбілася і пайшла рашучымі крокамі дахаты, трымала дачку за руку, вяла яе і глядзела на яе, выключна на яе, выключна долу, вочы выключна ўніз.

Злая-злая-злая: злая[27].

3.

Клеркі клеркамі ўстаюць, прачынаюцца і нават без будзіль-
ніка.

Ніхто іх не абуджае, ня будзіць, не чапае, не трасе.

Паволі абуджаюцца і хутка ідуць, сьнедаюць: ядуць.

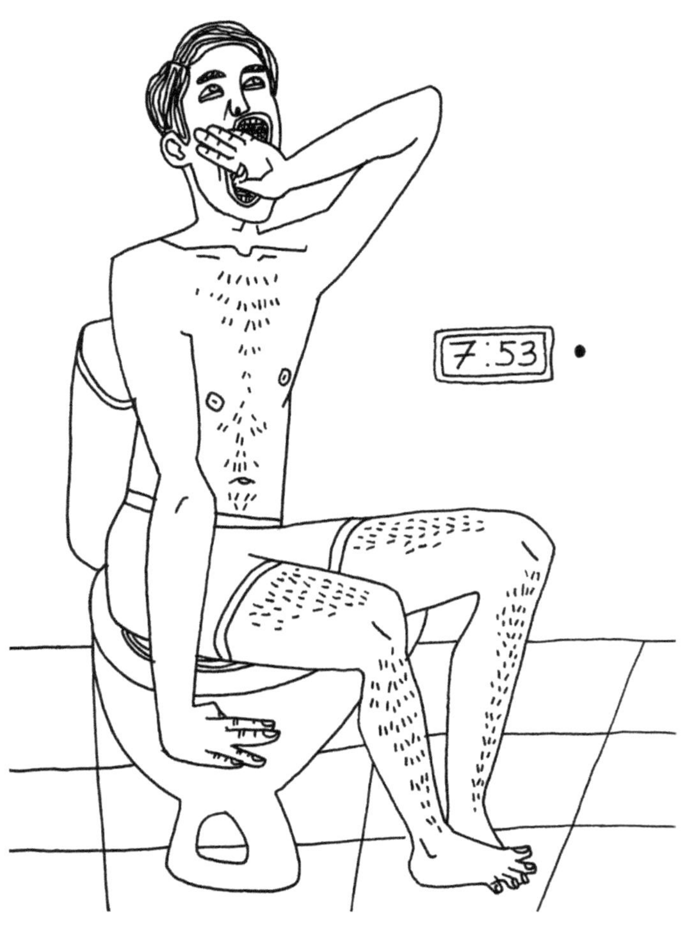

Так і такі хлопец малады, гарэзьлівы, юрлівы, хлопец Леў прачнуўся, устаў, пайшоў пажэрці хай хоць чаго, чагосьці хоць паесьці на выбар зь ежы ўсёй[28].

А восьмай раніцы 'шчэ сьпіць юнацтва, дасынае маладосьць!

Яшчэ ўставаць зарана, яшчэ можна спаць, яшчэ можна не ўставаць, не прачынацца, яшчэ можна нікуды не ісьці, яшчэ можна нічога не ясьці.

Так і такі хлопец малады, гарэзьлівы, юрлівы, Якуб хлопец, хлопец спаў яшчэ, зарана, так і не ўставаў, далібог, спаць яму яшчэ гадзіну[29].

Узяў яйкі, абраў яечню з кіўбасою, запарыў кавы, сеў ся-
дзець, цыгарэту запаліў.

Ад цыгарэты нашча млосьніць надта, варта яе б чымсьці
закусіць, варта якіх яйкаў зьесьці, варта імі закусіць, варта
зьняці іх ужо з патэльні, зьняць іх і імі закусіць![30]

Спадар Якуб прачнуўся[31].

I зьеў[32].

Уладар сусьветаў і сэрц малых[33].

І запаліў другую цыгарэту[34].

Дай спор на лусту хлеба[35].

І Леў замітусіўся[36].

I на хлеб надзённы[37].

І Леў сышоў, сышоў на працу, працу працаваць[38].

На працу[39].

4.

І гэтак, учора, надоечы, на днях, учора ўдзень адбылося здарэньне, і, суадносна, ergo, як і мусіць мець быць, за такім здарэньнем мусіць адбыцца і здарыцца наступства, якім зьяўляецца пакора — пакараньне, краты.

І вядома, што за гэтым будзе сачыць спадар старэйшы прапаршчык Эдуард (Хуйло)[40], але спадар стр. пр. папярэдне абавязаны распачаць вялізнае сьледзтва, сутнаснае і па сваёй сутнасьці існае, вялізнае, але папярэдне спадар Стрпр мае, спадар Стрпр мае звыклым абавязкам атрымаць заяву, але ўчора, учора ўдзень надышла сьмерць, здарылася забойства, вынікам якога стала сьмерць.

І так, і вось спадар Стрпр, слынны сьледчы, ішоў улева ад чыгуначнай станцыі Беларусь дзесяць мэтраў да слыннай грамадзкай прыбіральні, дзе надоечы, учора, на днях, удзень слынна здарылася слыннае сьмертазабойства, і ў сувязі з сувязанымі з гэтым абставінамі ён быў рассяроджаны, дурны, няўдалы й нават няўпраўны таксама.

І куды?[41]

І так, і вось спадар Стрпр ішоў дзесяць мэтраў улева ад чыгуначнай станцыі Беларусь і думаў літаральна толькі пра тое, што цікавіла літаральненька, выключненька яго.

І так, і вось ішоў спадар Стрпр да грамадзкай прыбіральні і глядзеў, як наўкол[42] чарнеюць чарніцы, дурнеюць дурніцы, сумнеюць сумніцы[43].

І вось так ішоў спадар Стрпр дзесяць мэтраў ад Беларусі[44].

І так, і ён дайшоў да слыннай грамадзкай прыбіральні ў дзесяцёх мэтрах ад чыгуначнай станцыі Беларусь і пагрукаўся ў дзьверы мужчынскага ўваходу, але знайшоў яго зачыненым імі.

Пагрукаўся ў мужчынскі паўднёва-ўсходні ўваход — выявіў, што ён зачынены, і пагрукаўся яшчэ раз.

Пагрукаўся ў мужчынскі паўднёва-ўсходні ўваход — выявіў, што ён усё яшчэ зачынены, і пагрукаўся яшчэ раз у зачыненыя дзьверы.

Пагрукаўся ў мужчынскі паўднёва-ўсходні ўваход — яму ніхто не адчыніў зачыненыя дзьверы, тады ён наваліўся на такія дзьверы ўсім сваім спадарастрпрскім[45] целам, распачаў лямант, енк, залямантаваў, заенчыў, заекатаў і выхапіў пісталет, націснуў на дзьвярную ручку — дзьверы адчыніліся.

Дзьверы адчыніліся.

Спадар Стрпр трымаў пісталет напагатове і азіраў наяўнасьць прыбіральні ўнутры з усёй сваёй папярэдняй перасьцярогай, але з жаданьня ня ўдаць зь сябе дурня ён, спадар Стрпр, трымаючы пісталет напагатове, ірвана-імкнёна памкнуўся ў мужчынскую частку грамадзкай прыбіральні і, неабдумана не абдумаўшы наяўнасьць парога-парожка, спатыкнуўся і, вядома ж, паваліўся долу на падлогу.

Спадар Стрпр упаў і згубіў нос, той кухталём з парога адарваўся. Выпаў долу на падлогу і папоўз. У кабінцы — зьнік — ён там схаваўся[46].

Спадар Стрпр проста стаяў на каленях і хуткаімкнёна пачаў складаць справу крымінальную на няшчасны грамадзка-прыбіральніцкі парожак, але быў спынены ўскідзістым ударам левай пантофляй гіганцкай геніяльнай левай нагі[47].

Тое зьявіўся і яго ўдарыў вялізны й геніяльны[48] спадар Шпік[49].

Спадар Шпік толькі саскокнуў з электравіка Менск — Гудагай, ці Менск — Маладэчна, ці Менск — Беларусь[50], мінуў пяць мэтраў[51] і разам са сваім заўсёдным паплечнікам, гарэзам Львом апынуўся ля слыннай беларускай грамадзкай прыбіральні, дзе сустрэў спадара Стрпра і ўважыў намэтным моцна-моцненька яго ўдарыць у сьпіну, каб той паваліўся на падлогу, і выкарыстаць яго як трыбуну, і распачаць дэклямант гучным ротам і рукамі ў розныя бакі.

Я, вяльніяльны гаспакіраўнік[52] спадар Шпік, прыехаў сюды са сваім шчыраадданым паплечнікам Львом з самога Менску расьсьледаваць гэтае жудаснае! Сьмертазабойственнае, забойства, я буду вам карыякаснай дапамогай, таму вялікаміласэрна прашу Вас! Я вас прашу нам не перашкамінаць і, што значыцца, не валяцца пад нагамі, спадар Стрпр! Перапрашу вас вялікаміласэрна вас неадкладненька адкласысьці.

Гарэзьлівы спадар Леў скокнуў на карачкі, схапіў спадара Стрпра за шырачэзную, хутчэй за ўсё, правую, галёшу і неадкладна, хутчэй, неадкладненька, пацягнуў яго вонкі-вонкі, вонкі на вуліцу так імкліва, што спадару Стрпру давялося ізноў зачапіцца за парожак і яшчэ і згубіць яшчэ і адзін зуб са сківіцы ў сваім роце, праз што ён зарумзаў, ужо на вуліцы.

Ужо на вуліцы, падалей ад прыбіральні, спадар Стрпр скарачыўся такім чынам, каб зарумзаць і румзаньнем не зарумзаць новы бюлетэнь, укупюраны на парожак за факт паўторнага рэцыдыву і гэтак. Далей наўколіцамі чэпаў да хаты пусты, але сьмярдзючы й зарумзаны чалавек, абыходзіў Заслаўе коламі й далей выходзіў нават да кар'ераў і абалоньняў таксама, а потым прыйшоў дамоў пасьля крамы й, канешне, сваёй найважнай працы таксама.

Спадар Леў вярнуўся адразу простай сьцягой, і адразу за сваім вяртаньнем спадар Леў атрымаў загад прыцягнуць свайму гаспакіраўніку стол і крэсла, што ён неадкладна зрабіў і гэтак прынёс, паставіў у тамбуры прыбіральні, блізка да рукамыйніка. За атрыманьнем стала і крэсла, спадар гаспакіраўнік Шпік сеў за стол на крэсла і пачаў пісаць.

Я, вялікагеніяльны спадар гаспакіраўнік Шпік, прызьявіўся ў азначатрэбным мне мейсцы, каб распачаць тут сьледзтва, пошук вінаватнікаў і ўсіх астатніх зацікаўленых у гэтым, што мушу сказаць: дасьледзтва тут мной пасьпяхова распачатае, дзе ўжо мае парыўныя посьпехі.

Адсправаздачыўся → склаў справаздачу ў капэрту → аддаў капэрту са справаздачай Льву.

Гаспакіраўнік Шпік аддаў справаздачу Льву ў капэрце, каб Леў занёс гэтую справаздачу ў мейсца прыёму такіх справаздачаў, то-бок, што значыць, куды трэба[53], і яшчэ ўдакладніў, удакладняючы

Занясі!

, а сам устаў, каб дачакацца, калі гарэзьлівы Леў сыдзе, і апасьля, то-бок апасьля таго, як Шпік дачакаўся, як Леў сыходзіць, Шпік пачаў азірацца па баках і азіраць бакі ў пошуках нейкіх праяваў і нейкіх доказаў сьмертазабойства, то-бок ён шукаў канкрэтныя доказы таго, што вядомага, першасна, нам вядомага, спадара Міхала Сьцяпана сьмертазабойна забілі, а ня ўласна ён сам сьмертазабіўся, хоць у гэтым не было аніякага сумневу ў тых асобаў, каму напраўду было б патрэбна ведаць вынікі азначанай мітусьні зь нябожчыкамі, альбо, лепей сказаць, зь нябожчыкам, але ўвогуле гэта ня так важна, як можа падацца ці нават падавацца камусьці таксама.

І спадар Шпік нічога не знайшоў, сеў за стол рыхтаваць новы-найнавейшы дакумант-паперку

Я, спадарагаспакіраўнік Шпік, актыў-на-на і імкнё-на-на займаюся ўсёй гэтай справай пра гэта.

Адкінуўся ў крэсьле сьпінай да самай сьпінкі крэсла, за чым яго засьпеў спадар Леў — адкіданьнем у крэславай сьпінцы — Леў даставіў неабходныя дакуманты ў неабходныя мейсцы, невынаходныя мясьціны, у неабходныя пункты, дзе іх прымаюць і гэтак далей зь імі робяць, і прыйшоў па новыя з імпэтам іх забраць і аднесьці ў мясьціны неабходныя і наказаныя, але ягоная ўвага адцягнулася, адбылася сытуацыя адцягненьня ўвагі, пры якой ягоная ўвага перарвалася, адцягнулася ў сувязі з наяўнасьцю, мала сказаць, у сувязі з актыўнымі дзеяньнямі невядомага ката неўсталяванай асобы, лысай скуры і гаспадарскага позірку, у прасторы, па якой яго і пачаў ганяць Леў карачкамі, на карачках імкнёна гнаць яго па баках, кутах, дзьвярах, назад па кутах, па стале, па-пад крэслам, па стале, перад крэслам[54], перад нагой гаспакіраўніка спадара Шпіка, які рыхтык праз гэта ўдарыў:

Як ударыў — моцна! Ударыў-ударыў: моцна!

Гаспакіраўнік Шпік: як улупіў кату проста ў бок[55], што той вылецеў наўпрост з прыбіральні праз паўднёва-ўсходнія дзьверы мужчынскага ўваходу і, хутчэй за ўсё, паляцеў у бок чыгункі, цягніка, дзе разьбіў сваім лысым, пухнатым целам шкло, хутчэй за ўсё, застаўся ў электравіку Гудагай — Менск, ці Маладэчна — Менск, ці Беларусь — Менск[56]; строга моцнай рукой і са строгім позіркам аддаў новы дакумант Льву; строга прыгразіў звольніць у выпадку, калі той ня будзе выконваць задачы строга пастаўленае, і ў выпадку, калі той будзе займацца рознай бздурай і пацехай, пацешыцца на працоўным мейсцы, яшчэ строга прыгразіў звальненьнем[57].

І Леў: ухапіў паперы й бегма пабег іх аддаваць.

Вяльніяльны спадар Шпік сеў за свой стол, адсунуты ў самы сыры кут, да рукамыйніка, пісаць новыя паперы, але, на жаль, заблытаўся ў дзьвярах і ўваходах пры апісаньні здарэньня, якое да гэтага толькі здарылася[58], таму па Львіным прыходзе даручыў яму, свайму паплечніку-прыгапрацаўніку-супрацоўніку, калезе Льву зьнесьці, зруйнаваць да халера-ліхаматаркі ўсе ўнутраныя сьцены і забіць да халераматаркі ўсе ўваходы апрача таго, празь які[59] вылецеў кот, і паставіць стол з крэслам у самы цэнтар вялікага пакоя, які атрымаецца шляхам такіх перабудоваў.

Што Леў зрабіў.

Льву на такія перабудовы спатрэбілася некалькі — умоўнасьці — часу, даволі няшмат, бо Леў быў ахвотны да перабудоваў усякага кшталту і меў пэўнае веданьне таго, як іх зьдзяйсьняць, — даволі ўмоўнае — таму зрабіў усё нахутка і не грунтоўна: засталіся некаторыя старыя сьцены, хады, уваходы, незаўважныя проста пры першым хуткім аглядзе.

Гаспакіраўнік Шпік сеў на крэсла, абапёрся на стол, дастаў асадку, дастаў паперу і пачаў асадкай па ёй пісаць.

Памяшканьне было вызбаўлена ад перашкамінкаў роўным ударам нагі па перашкамінцы, ад чаго перашкамінка вылецела праз адзіны магчымы ўваход. Што завецца цяпер — Выгнаньне ката.

Гаспакіраўнік Шпік аддаў гэты дакумант Льву і папрасіў быць хутчэйшым за ягоны звыкла-звычайны, звыклы хуткі тэмп, быць, бадай, найхутчэйшым з усіх магчымых хуткіх магчымых прыгапрацаўнікоў, якія, мажліва, маглі працаваць[60], за тым, што дакумант мае невераемна неадкладную важнасьць і найважнейшую неадкладнасьць дадаткам да гэтага.

І сеўся шчэ сядчэй, і адкінуўся да сьпінкі крэсла.

А спадар Леў ізноў імпэтны, імпэтна-імпэтна пабег, паўцёк з зубамі й дакументамі ў іх, пабег на тое самае слыннае мейсца, дзе прымаюць такога кшталту дакуманты і, дабегшы, здаў і атрымаў за гэтую здачу, то-бок за здачу гэтай паперы, за здачу гэтага дакуманту атрымаў парадку 4-5 капейкаў[61], чым быў неверагодна задаволены, бо, па дамоўленасьці паміж ім і гаспакіраўніком Шпіком, гэтыя манэты ці манэты, здабытыя падобным шляхам, зьяўляліся афіцыйным заробкам прыгапрацаўніка Льва, які ён ашчаджаў, каб назпашаныя сродкі губляць на свае цыгарэты й ежу, і склаў іх да сваіх астатніх назапашаных за пэўны тэрмін працы назапашваньняў, і ў сваім задавальненьні вяртаўся да прыбіральні ў гуморы ад працы сабой праробленае.

Леў вяртаўся ў станоўчым гуморы, Леў сьцежкамі вяртаўся да прыбіральні ў добрым гуморы й з гатовым адчуваньнем таго, што возьмецца за працу ці за працы, яму падрыхтаваныя.

Леў вяртаўся сьцежкамі да прыбіральні каля станцыі Беларусь у горадзе Заслаўе, пра які нічога ня ведаў, а ў ім ведаў толькі прыбіральню, куды ішоў, мейсца, зь якога ішоў, і некалькіх людзёў.

Леў вяртаўся да прыбіральні ў Заслаўскім горадзе і ў задавальненьні тым, як яшчэ будзе працаваць, імкнуўся, канешне, як мага хутчэй вярнуцца дамоў, каб паспаці, паесьці, папіці, папаліці і пайсьці на працу назаўтра яшчэ, але гаспакіраўнік Шпік ужо меў такі плян, у які плян Льва не ўкладаўся зусім.

Спадар гаспакіраўнік Шпік прыдумляў такі плян, пакуль Леў бегаў здаваць дакуманты, пакуль мог сядзець адным за сваім сталом каля рукамыйніка, але лепей вяльніяльны спадар Шпік прыдумляў свой плян за сталом у цэнтры адзінага пакоя грамадзкай — вырашыў.

Спадар гаспакіраўнік Шпік прыдумляў такі надзейны плян, пакуль сядзеў за сталом у цэнтры, такім чынам, спадар Шпік геніяльней адчуваў сябе і свае думкі пагатоў, адзіны пакой грамадзкага — вырашыў.

Спадар гаспакіраўнік Шпік — вырашыў: падуладкаваць азначаны абшар у межах яму прыемнага пакоя прыбіральні й упісаць прыбіральню ад веку і да веку былой грамадзкай, для чаго, па Львіным вяртаньні, спадар вяльніяльны гаспакіраўнік Шпік даручыў прыгапрацаўніку Льву павесіць над прыбіральняй вялізную шыльду з надпісам

і аддаў на тое свой выключны, асаблівы загад.

Што Шпік вырашыў за тым, каб наўкол стала вядома, што грамадзкая прыбіральня занятая, і каб стала вядома, што там цяпер сядзіць вялізны спадар Шпік, і што туды лепей не заходзіць не па справе, то-бок бяз справы, бязь нейкага пытаньня ці бязь нейкага заданьня.

Што Леў зрабіў.

5.

Нядзеля адмыслова вылучаная на тое, каб паехаць на базар. І хай тое, што тое займае хіба што некалькі гадзінаў, прынамсі, ня больш за тры гадзіны, яно штораз вымушае вылучаць асобны вылучаны дзень, але Якуб вольны, вольны чалавек, чалавек незаняты, які анічым не займаецца, апрача таго, што па нядзелях ходзіць на базар, дзе набывае ці проста бярэ, часьцей, ён проста бярэ, зеляніны сабе есьці, разьлічанай есьці на тыдзень, яйкаў таксама, масла таксама, хлеба таксама, і ў астатнія дні ён бяз мэты бадзяецца па вуліцах, па якіх нічым не займаецца і дзе нічога ня робіць, але, апрача таго, ён часам бярэ нейкую зеляніну, нейкага мяса ці нейкіх яйкаў, ці хлеб і масла ў нейкіх прадуктовых крамах.

Якуб мог бы харчавацца адной ежай, што зазвычай застаецца ад Льва, але Якуб не хацеў такую праз тое, што:

1. Леў гатаваў толькі тосты альбо яечню, альбо тосты з маслам, альбо тосты зь яечняй, альбо тосты з маслам і яечняй, альбо кіўбасу проста еў, магчыма, еў кіўбасу з хлебам, але безь яечні;
2. Леў кепска гатаваў ежу;
3. Леў гатаваў ежу для сябе і, суадносна, гатаваў той вельмі мала.

таму Якуб браў у нейкіх крамах нейкай ежы сабе, але па нядзелях езьдзіў на базар па зеляніну, яйкі, хлеб і масла.

На базары: Якуб нашкрэб некаторай драбязы ў некаторых некалькіх капейках, каб узяць дзясятак яйкаў, узяць бохан хлеба напавер і, імаверна, не аддаць. Якубу апасьля варта было ехаць дамоў, яму да хаты б ехаць быў ужо час, бо масла было ўдома і больш нічога не патрэбна, апрача, хіба штс, зеляніны, мяса таксама, але гэта можна дзесьці ўзяць — узяць зеляніну і ўзяць мяса таксама — варта б ехаць ужо дамоў.

Але — пасьлізна апасьля заскочыў па віно ў вінную лаўку, якая была кімсьці адкрытая так, што раней Якуб яе ня бачыў, і быў усьцешаны ейным адкрыцьцём, бо яго там таксама ня бачылі ніколі, што несумнёўна давядзе да найлёгкага крадзяжу ў віннай лаўцы аднога лысага ката. Але — той лысы кот, што ўладкаваўся там нядаўна, надоечы шапічак набыў, адкрыў там лаўку, дзе прадаваў віно. Але той кот карэньнем роду з іншагародніх гарадзкіх, і свой бізнэс у сталіцы распачаў паволі — крохкім крокам стаў рухацца ўгару капіталістычнае сістэмы. Дзе — ён ужо ад пачатку пакручастага шляху ўцяміў, што яму, лысаму кату, алькагольна-пітны бізнэс зусім не пасуе, бо:

1. Лысы кот не разьбіраўся ў віне.
2. Лысы кот ня быў здольны прадаваць віно.
3. Лысы кот губляў віно праз тых людзёў, што ягонае віно рэгулярна імкнуліся скрадаць.

Таму калі хлопец Якуб, спадар Якуб, хлопец бяз грошай, але зь яўнай прагай да віна, адважыўся запхаць бутэльку сабе пад пахі, ва ўнутраны карман[62], спадар кот гучна назваўся.

Я лысы кот Грыпміна.

Ён сядзеў на жэрдцы, схаваны за прылаўкам, дзе прадаваў віно: лысы кот Грыпміна сядзеў заднімі лапамі на нізкай жэрдцы, а пярэднія паклаў на прылавак і толькі імі ледзь да яго дацягваўся — сядзеў за прылаўкам вышэй ягонай галавы.

Я адкрыў краму, абы дастаць заробак сабе — лысаму кату.

Якуб павярнуў да прылаўка тулава.

Немагчыма!

Абы сабраць сабе хоць нейкіх грошай на цёплае футра, на ежу, на неабходнасьці, неабходныя мне, але вы прост-наўпрост крадзяце з-пад пысы ў мяне бутэльку майго віна.

Якуб павярнуў да прылаўка ногі.

Немагчыма!

Я тут сяджу.

Якуб павярнуў да прылаўка галаву і разам твар дадаткам да ўсяго астатняга і дадаткам зрабіў некалькі немаленькіх крокаў у той бок, у які ён павярнуўся.

Я бачу гэтае: тое, што вы седзіцё на жэрдцы лапамі сваімі дагары.

Я тут сяджу і бачу.

Немагчыма!

Але вы спрытны чалавек.

Але.

Але.

Я пойду да хаты дамоў.

Але дазвольце мне падаць вам некаторую прапанову азначанага пляну дзеяньняў далей — гэтак.

Але.

Я прапаную разам працаваць.

Каб?

Ставала грошай.

Каб?

Спор на хлеб надзённы, віно і ўвогуле.

Якуб: зірнуў сваімі вачыма[63], дастаў бутэльку з кішэні, пазногцем пальца з пазногцем пляснуў па ейным шкле.

Навошта мне з вамі працаваць, калі штодня[64] я магу браць дарма гэтае віно, складаць яго пад пахі, ва ўнутраны карман[65] — лысы кот Грыпміна не разгубіў простага адказу.

Але, бяры!

Калі?

Я прапаную разам адкрыць шаўрмарню[66].

Дзе?

Ты будзеш ясьці й сілкавацца, частаваць людзёў і частавацца.

Калі?

Цяпер.

Якуб, падалося, паверыў у такі зманлівы, хітраваты капіталістычны зман[67] — застаўся працаваць. Рассяроджаны, не адукаваны ў справах такога кшталту, ён зусім і нават ніяк не абмеркаваў памер свайго заробку, ніякія нейкія ўмовы працы, працаўвава-ва-вы кантракт і гэтак далей, гэтак далей. Але, пэўна ж, толькі таму ён так бадзёра ўзяўся за гэтую працу, пэўна ж, толькі праз тое, што ня ведаў, у якіх жудасных умовах яму давядзецца працаваць, ён і згадзіўся і так бадзёра-бадзёра, адказна распрацаваў паўнавартасны плян разьвіцьця шаўрмарнай забягайлаўкі, лаўкі, шапіка, які складаўся з трох наступных пунктаў:

Кот Грыпміна мусіў зачыніць вінную лаўку.

Кот Грыпміна мусіў абсталяваць вінна-лавачнае памяшканьне належным чынам, аздобіць яго пад патрэбы шаўрмарна-забягайлаўскага фармату.

Кот Грыпміна мусіў прыдумаць назву.

Дзе другі пункт апынуўся найскладанейшым, што віда-вочна-вядома, але гэтаксама складанасьці зь ім, неістотна, апынуліся ня самымі складанымі, апынуліся не істотны-мі, бо вырашыліся за адзін катоўска-бізнэсовы тэлефонны званок у азначанае мейсца да азначаных людзёў.

Дзе далі рады хіба што за некалькі гадзінаў, прынамсі, ня больш, чым за тры гадзіны. Апасьля:

1. Акрэсьленую частку вінных бутэлькаў[68] выпілі.
2. Акрэсьленую частку вінных бутэлькаў[69] пакінулі на далейшы продаж разам з шаўрмой.
3. Адную акрэсьленую вінную бутэльку Якуб скраў пад пахі, ва ўнутраную кішэню.

НАЗВА: Звычайная, простая, просьценькая.

Назвай пакінулі слова:

КАФЭШКА

Так, такім чынам, шаўрмарня стала звацца менскай Кафэш-кай.

Далейшыя заданьні ня мелі мейсца, ці ня мейсьціліся ў па-пярэдне распрацаваным пляне. Дзе другім заданьнем спа-дара Якуба стала заданьне распрацаваць другі плян: стра-тэгію разьвіцьця Кафэшкі.

Што Якуб зрабіў.

Што Якуб і лысы кот адкрылі Кафэшку. Дзе яны распачалі бізнэс, сталі караскацца ўгару капіталістычнае лесьвіцы капіталізму з прыгожай шыльдай са словам

КАФЭШКА

У Кафэшку адразу ніхто не прыйшоў. То-бок хтосьці, можа, хутчэй за ўсё, прыйшоў, але нічога не замовіў праз тое, што ў Кафэшцы не было чагосьці замовіць. То-бок Кафэшка не займела нават сфармаванага мэню, якое трэба было сфармаваць.

Што Якуб зрабіў.

1. Шаўрма з курыцай.
2. Бульба фры.
3. Віно.

Якуб пакінуў лысаму кату, свайму цяперашняму гаспакіраўніку[70], пытаньне ўтварэньня коштаў. Сам ён лёг адпачыць, пачытаць адную кніжку са сваіх аднаразовых кніжак[71], што былі такімі лядашчымі й трухлявымі, што іх можна было прачытаць толькі адзін раз, бо апасьля яны проста развальваліся, што меў з сабой даволі даўно і ўжо дачытваў так, што зь яе аркушамі выпадалі фрагмэнты, а вокладка ішла плямамі й рызманамі.

Вочы ваяўнічага надзьмутага лысага ката, вочы гаспакіраўніка.

Вочы ахапілі прыгапрацаўніка[72] беднага Якуба абапал яму магчымага ўяўленьня. Рыхтык так.

Рыхтык у вочы, акурат вакол Якуба. Цалкам усё паўсюль яго глядзіць яму ў вочы, каб вінаваціць у халтуры, у нядбайнасьці, у недапрацоўцы.

Працуй дбайна і старанна, Якуб.

Лысы кот глядзеў Якубу ў вочы сваімі цяжкімі, грузнымі вачыма з гаспадарскім і цяжкім позіркам сваіх вачэй.

Якуб спужаўся так, што можна сказаць, што нават вельмі моцна спужаўся, бо ягоны сполах быў вельмі моцным: Якуб спужаўся, спужаўся, спужаўся, спужаўся, спужаўся,

спужаўся ката і ягоных вачэй агулам так, што яго ўсяго прахапіў здранцьвелы спалох, які яго здранцьвіў усяго.

І ягоныя лапкі былі такімі груба-пухнатымі[73].

Што Якуб зрабіў.

1. Шаўрма з курыцай — 6 рублёў
2. Бульба фры — 4 рублі
3. Віно — 2 рублі

І адмовіўся надалей выяўляць сваю ініцыятыву, свой юнацкі мастацкі імпэт у адміністратыўным пляне і гэтак далей. Праз што ён ляжаў здранцьвелы й страхам прасякнуты, распластаваны, знаходзіўся на падлозе і гэтак ляжаў там, дзе заставаўся нават пасьля таго таксама, як кот Грыпміна сышоў гэтак далей. Агулам, Якуб ляжаў напужаны.

Дзе страх агулам — ахінуў, Якуб ахінуўся — ужо быў сумняваўся ў той працы.

Праз пэўны час, калі кот Грыпміна акурат вярнуўся ў пакой. Ягоны тон: быў быццам гаспадарскі, быў амаль спакойным. Кот Грыпміна меўся ледзь бачным на падлозе. Ён высілкам амаль не глядзеў, ледзь ад яго нічога не было бачна.

Цяпер варта зараз устаць.

Якубу давялося ўстаць.

Неістотна — неістотна.

Якуб устаў.

Якубу давялося ўстаць за той прылавак, на які трэба класьці рукі і за якім схаваная нізкая жэрдка, на якой трэба сядзець азадкам і нагамі, каб прадаваць шаўрму — сядзець за прылаўкам, быць вышэй за яго галавой.

Усё гэта — бо падышлі кліенты, ахвотныя есьці шаўрму менавіта ў Кафэшцы альбо есьці менавіта шаўрму ў Кафэшцы, альбо кліенты, якія былі ахвотныя проста есьці.

Першым кліентам быў лысы кот — спадар Грыпміна. Ён замовіў паесьці й папіці.

Замова спадара Грыпміна:

1.   Шаўрма з курыцай.
2.   Бульба фры.
3.   Віно.

Другім кліентам была кліентка — спадарыня Вера[74]. Яна замовіла паесьці й папіці па парадзе спадара лысага ката Грыпміна.

Замова спадарыні Веры:

1.   Шаўрма з курыцай.
2.   Бульба фры.
3.   Віно.

Спадар Грыпміна і спадарыня Вера селі за стол. Пакуль: яны чакалі замовы сваёй ежы.

Гэта быў чароўны вечар першага спатканьня азначаных асобаў. Той вечар быў чароўным і надзвычай цёплым — як астатнія вечары такой пары.

Спадар лысы кот Грыпміна — ганарлівы кот, кіраўнік Кафэшкі — сядзеў сваімі заднімі лапамі на крэсьле, клаў свае пярэднія лапы перад сабой на стол вышэй за ягоную галаву і быў празьмерна ганарлівым і ўпэўненым у сабе — адтуль у яго зьявіўся сьпінжак і вузкія джынсы, і нават кеды адыдас.

Спадарыня Вера — спадарыня, якая прыехала надоечы ў Менск, — надоечы пазнаёмленая, зазнаёмленая з катом і пазаляцаная ім, запрошаная ў Кафэшку на першае паўнавартаснае спатканьне цалаваць вачэй блакіт і гэтак далей — адтуль адсутнасьць акуляраў, прыязная спадніца і сурвэткі, што тырчэлі з кішэні сьпінжака.

Абдрапаны працай повар-працаўнік — Якуб вучыўся гатаваць зь цяжарам цяжкасьці ўсёй гатоўлі і без імпэту да гэтага ўсяго і гэтак далей.

Уся Кафэшка мне блюзьнілася, была бы мара! Цяпер мяне спусьцілі працаваць!

Што Якуб зрабіў.

6.

Сьвятлана-Лана, спадарыня Сьвета, Сьветачка, Сьветка мела быць на сваёй цудоўнай працы роўным чынам а восьмай гадзіне раніцы штодня.

І так штодня[75] Сьветачка мякенечка ўставала ў сваім, уласным доме на заслаўскай вуліцы Зялёнай і **нават** і ня думала пра працу, але і ня радавалася дзяньку, дзянёчку **таксама**, а ішла хутчэй сыходзіць вонкі з хаты, нібыта назаўжды[76].

Сьветка нават і не зьбіралася і ня мылася штораніцу таксама, хутчэй яна адное толькі хутка ўмывала твар, чысьціла зубы, надзявала тое, на што нават і не глядзела і чаго не хацела таксама, але надзявала — ішла туды — далей — на станцыю чыгуначных электравікоў Беларусь, дзе раней хадзіла ў прыбіральню, а потым сядала на ўсякі электравік, неістотна — новы ці стары, неістотна — ехала ў Менск — туды — далей, да самага вакзала, каб там сесьці ў мэтро і даехаць — далей — да самага Ўручча, каб там сесьці на аўтобус і даехаць — далей — да Копішча, дзе — там — прайсьці скрозь змрочны шатуноўскі лес, выйсьці да свайго працоўнага склада, дзе яна працавала: складзкой рознапрацоўнай жанчынай, абслугай велічэзнага і лакнага складасховішча буйной сьмярдзючай фірмы-манапаліста вырабу пяшчотных пральных парашкоў і плямавыводных прыемных пральных капсуляў на азначанай тэрыторыі[77] — але цяпер яна рабіла гэта ўсё і **нават** усё далей **таксама**, толькі не завітвала і **нават** не падыходзіла да прыбіральні **таксама**[78].

Сьветачка ніколі не спазьнялася на такую працу. **Нават** калі яна выходзіла з дому ці (раней) з прыбіральні, ці з электравіка, ці зь цягніка, ці з аўтобуса, ці зь лесу **таксама** на гадзіначку пазьней ці **нават** на дзьве, пасьпявала **таксама**, бо ўвесь ейны шлях, што пачынаўся ад заслаўскай Зялёнай вуліцы і сканчаўся копіцкім страшэнным пералескам:

Вуліца Зялёная ў Заслаўі — станцыя Беларусь — менскі вакзал — Уручча — Копішча — склад

– уяўляўся і напраўду зьяўляўся выкшталцонай умоўнасьцю, якую Сьветка-Сьветка за прагматычнасьцю сваёй асобы акуратна апусьціла і **нават** акуратненька на яе забылася **таксама**.

Так, такім чынам, у яе засталіся толькі два пункты: тут і там — паміж імі — умоўны, неістотны, **нават** непатрэбны **таксама** — шлях.

Штодня складзкая праца пачыналася а восьмае гадзіне раніцы роўненька і роўна, цьвёрда сканчалася а пятай гадзіне ўвечары штодзень, але Сьвятлана часьцяком, штодзень, затрымлівалася на ёй роўненька да восьмай гадзіны вечара, як і ўсе астатнія працаўнікі той працы, бо працы было больш, чым чалавек на складзе, і **нават** больш, чым чалавекагадзінаў **таксама**. Пагатоў працаўнікам патрэбна было там заставацца, каб дарабіць тоесёетамсям з таго, што не пасьпявалася дарабіцца тамсям цягам кожнага працоўнага дня.

За дапрацоўкі даплачвалі: штонядзелю, у адмыслова вылучаных капэртах, па семдзесят капейкаў за гадзіну. Штонядзелю гэта вымушала Валю як працаўніцу склада і ўсіх астатніх складзкіх працаўнікоў езьдзіць ня толькі на працоўны склад працаваць, але **нават** і ў адмысловую бухгальтэрыю па такую капэрту з грашыма **таксама**, палічанымі па асаблівай стаўцы, што менш за звычайную стаўку ўдвая. Але такія ўмовы: тыя грошы зьяўляюцца абавязкам і абавязковым заробкам пры ўмове, што чалавек, які іх атрымлівае, хоча атрымліваць і звыклы штомесячны заробак.

Сьветачцы даводзілася працаваць ад восьмай да восьмай. Яна сядзела, яна працавала.

Штодзень ейныя абавязкі зьмяняліся, зьменна чаргаваліся, неістотна, Сьветачка іх выконвала выдатна. Часьцяком, часьцей, **нават**, за ўсё, ейныя абавязкі складаліся з таго, што яна мусіла пераляпіць, хутчэй заляпіць, неістотна, надпіс: 18 праньняў, — на пакунках пральных парашкоў надпісам, налепкай з надпісам: 36 праньняў.

Таксама часьцяком[79] Сьвета мусіла абдзіраць старыя, абдрапаныя налепкі са старых, абдрапаных плястмасавых скрыняў для пральных капсуляў і потым мыць гэтыя скрыначкі, каб потым хтосьці, нейкі іншы[80] заляпіў іх новымі налепкамі і, можа, **нават** і паклаў туды новыя пральныя капсулі **таксама**, каб далей хтосьці іншы яшчэ адвёз кудысьці капсулі на нейкі продаж, дзе іх прадаў, — **нават** і **таксама** неістотна.

І такое ўсё Сьвеце даводзілася працаваць пад рыпат, сыкат, ёкат радыё Маруся зь ейнае галосьніцы. Ёй падабалася: Ох, жыцьцё маё — пязьдзёнка. Усё аблілі малаф’ей.

Калі сканчала працаваці працу — працаваць, Сьветка-Сьветачка ехала дамоў умоўна:

Складам — Копішчам — Уруччам — менскім вакзалам — вуліцай Зялёнай ў Заслаўі.

Пешкі — аўтобусам — мэтром — электравіком — пешкі.

Умоўна, дзе на чыгуначнай станцыі Беларусь сустракала дачку: Валю, што сноўдалася тамсям і адтульсюды бяз мэты[81].

Груба і **нават** грубенька, стомленая пасьля працы Сьвета, брала таксяк, лаяла, абзывала тымсім і вяла да хаты **Таксама**. У хаце **нават** кідала **Таксама** ў пакой пад ключ і сама ішла лагодна вітацца з мужам, сваім мужыком Эдзікам (Хуйло).

Як віталася, **Нават** ёй адказваў **таксама**.

Штораз апасьля Сьветачка з палёгкай ішла ў прыбіральню, дзе штораз бавіла пятнаццаць хвілінаў часу ўсяго, агулам.

Штораз апасьля, як яна выходзіла, спадар Стрпр Эдуард (Хуйло), стомлены сваёй звыкла няўдалай працай, штораз ужо падпіты сустракаў яе ўжо на выхадзе з прыбіральні ўдарам кулаком рыхтык у твар, акурат пад вока.

Штораз **Нават** браў у паваленай ключы ад таго пакоя **Таксама**, штораз адмыкаў той пакой — лягчэй бы толькі біў, але і гвалтаваў **НаваТаксама**.

Як яны хавалі сінякі — яны хаваліся.

І так, так было пэўным, азначаным днём[82], калі Стрпр (Хуйло):

Ізноў павітаўся — яшчэ раз ударыў — яшчэ раз узяў ключы — пайшоў: біць і гвалтаваць.

Прыйшоў, адамкнуў дзьверы, пасунуўся прыйсьці й, пакуль заходзіў, чароўным чынам трэці раз на дзень спатыкнуўся аб парожак. Можа, тое праз тое, што спатыкнуўся трэці раз за дзень, але, можа, проста так — спадар Стрпр пераўтварыўся ў звычайную лятучую муху. Але мухай спадар Стрпр не паляцеў — адразу ўпаў: вядома, **Нават** нічога ў жыцьці ня ўмеў.

Валя-Валечка, што з палёгкай засьпела зьнікненьне айчыма, з палёгкай села і дастала хітра прыхаваны чупа-чупс, яго разгарнула.

Узьявілася маці! Сьвета адразу заляцела ў пакой, каб павыбіваць усё ў Валі зь ейных рук, каб узяць яе за кучкі. Сьвета ўзяла **Таксама** за кучкі, Сьвета выбіла ў дзяўчыны Валі ўсё зь дзявочых Валіных рук.

Нават кволая дурная муха знайшла салодзенькае пад ложкам.

ШЧАСЬЛІВЫЯ ДНІ

1.[83]

Ужо ня бітая зусім амаль здаровая яна амаль не пакутавала праз айчыма але яшчэ пакутавала праз маці нястачу грошай асобныя хваробы нястачу сонца і нястачу сонечных промняў сонечных самых значных дзён Валя па крохкай маленькай вясьне выходзіла зь зялёнага дому зь зялёным плотам на вуліцы Зялёнай дом 23 на падворак і зважала на лужыну ўнізе але не спускалася але радавалася што яна ёсьць але толькі таму што сьнег растае што значыць сонца сьвеціць і нават грэе таксама пераўтварае сьнег у ваду што Валі безумоўна заўсёды падабалася але ўсё адно Валя заўсёды выходзіла і ўздымалася ўлева і цераз плот і цяпер выйшла[84].

Далей на спуск уніз уніз па зялёнай вуліцы Зялёнай да места Беларусь у горадзе Заслаўі ўздоўж платоў і дратоў хутка хуткаскалочаных вясковых адной прыбіральняў хутка ўніз падчас таго сарвала гартэнзію на шляху да зьвінючага гораду з бутэлькаў з бутэлькамі з вадой што безумоўна падабаліся з касьцёламі і зь вежамі і з вадой[85].

Як звычайна па вясьне аблашчаная сонцам вясёлая Валя выходзіла да былой грамадзкай прыбіральні цяперашняй Шпікоўскай мясьціны але не зважала не хацела зважаць а выходзіла далей далей да рэйкаў празь іншы бок каб не зважаць і праходзіла праз цагляна-ўмоўную браму каб выйсьці да рэйкаў каб падправіць свой Валін вальлісты вальляк што штораз адрастаў за зіму каб расправіць рукі каб пачаць сьпяваць

       слаўся родны
       край айчыма
       глеба маці[86].

Расьпеўшыся і далей дасьпяваўшы яна пераходзіла яна пе-
райшла праз рэйкі на іншы бок Заслаўя з крамай для скокаў
і туды заскокаў па чупачупсы і астатняе і скокнула ў кра-
му з бутэлькавай сьметніцай паглядзець на чупачупсы
але сутыктыкнулася зь цяжарам высокае аплоты жыцьця
па іншы бок малога гораду зь ягонымі нават самымі пра-
веранымі і пераveraнымі таксама крамамі без чупачупсаў
але са страйкамі ўдвая таньнейшымі але на тое ня варты-
мі і вырашыла гэты бесчупачупсавы дзень пакінуць нават
і безбутэлькавым таксама[87].

ПРОДУКТЫ

Адкінула ўсе чупачупсавыя надзеі й мары пра чупачупсы кінула на дзень цяпер працу цяпер бессэнсоўную і пайшла ісьці каб уздымацца ўверх вышэй і да касьцёла але праз капіталістычныя пустэчы прагалы і прабел прабелы закатаныя асфальтам па самыя абшары прасторы пустой зямлі гнілога трухлявага пустазем’я зь якога абыякавата лезуць дзьверы што штосьці прадаюць старанна прымушаюць людзёў у іх і заходзіць і штосьці набываць і выходзіць і заходзіць але Валя ўздымалася ўгару[88].

Адмовіўшы леваправаслаўны бок выйшла да правакаталіц-
кага касьцёльна-грамадзкага парку дзе ў ім села на самую
значную лаўку за князем вышэй далей да сонца з камянём
і ягонага вышэйшага промня левай рукі леваруч па якім
лаўка[89].

А далей уніз уніз туды дзе нават няма Таксама няма і ўжо зусім не ісьці а ўжо зусім вобцас бегчы зьняці абцасы яе пантофляў бегчы бегчы ўніз каб не абарочвацца каб Нават адпусьціла Таксама таксама каб Таксама засталося без бутэлькаў чупачупсаў і мухаў[90].

Вада вада вада вада з крыніцы дзе вада з працоўнай вулі-
цай рабочай і туалетным шапічкам — крыжовай шапкай
з абразом дзе ўнутры цяпер ляжыць адна а гартэнзія адна
а таксама нават Валіна сьляза[91].

2.[92]

Чорнае вакно скрайнее зь левага боку яно больш ня мае тых сяброў увогуле больш ня мае тых хто ўвогуле мог бы зь яго вызіраць выглядаць глядзець і назіраць тое што наўкол далей звонку за вакном але раней і тое і тое і тое і гэтае рабіў чорнагамзаты Якуб усё тое ж рабіў сьветладурны Леў часам яны нават раней часьцяком разам выглядалі й глядзелі вызіралі назіралі[93].

Цяпер ідзе дождж які й калісьці раней таксама ішоў але часамі ня йшоў часамі бывала і днямі ня йшоў увогуле такія дні мелі асаблівую значнасьць бо па іх часьцей рукамі й братамі сьцежкамі-дарожкамі хадзілі Леў і Якуб а калі яны хадзілі то праходзілі значныя мейсцы дзе калісьці хтосьці зь іх можа нават яны разам але цяпер больш зусім не і ніколі[94].

За маленькім вялікі прыхіліў галаву ён цягне цягне і ўводзіць далей туды далей хаваецца пужаецца баіцца і ня хоча.

Але скрозь яго яны зьяўляліся і ва ўнутры й часьцяком і нават бяз мэты[95].

Таксама той дом што наступны на рагу што за будоўляй павярнуць ніколі не хаваўся і быў больш заўважным вядома але ён быў ім непатрэбным бо ён вымушаў іх абярнуцца і зірнуць ім на свой уласны дом таму яго яны абыходзілі й на яго не глядзелі вядома а пагатоў ён быў жудасна страшэнным наноў адноўленым і цяпер ён найнова выглядае шчэ больш недарэчным і вызірае шчэ больш непатрэбны[96].

А калі ўжо перайшлі праз плынь такой хуткай хуткаплыннай ракі то далей застаецца толькі адное толькі выбрацца з рэчышча толькі застацца перайсьці толькі цалкам і забыцца каб далей нырнуць далей куды далей напрыклад у арку ў двор па той бок куды напрыклад яны заходзілі ўвогуле ы заўсёды ы з усьмешкай рота літарай ы[97].

Скрозь паветра скрозь у скамечаным памяшканьні скрозь малы брудны дворык скрозь каб калі была воля прайсьці можна было ёй скарыстацца скрозь наскразь скрозь увесь двор каб там далей было чаму яшчэ зьяўляцца[98].

Скрозь наскразь праз далей да неабсяжнага неабмеранага неабходнага неабходжанага неўразумелага недасяжнага неймавернага недакладнага няпэўнага напэўнага невера-годнага бязмэтна выйсьці да скраю бязмэтнага бяз мэты ці каб за нястачай пэўнасьці вярнуцца назад[99].

Калісь той двор даваў паратунак ратаваў падаваў пэўны прытулак туліў прытуляў.

Цяпер тут працуе Якуб[100].

Зна́чныя дні

1.

Ад чыгуначнай станцыі Беларусь управа дзесяць мэтраў. Управа дзесяць мэтраў — гэта калі стаіш тварам да станцыі, азадкам да цягнікоў ці рэйкаў, ці ўвогуле, лепей сказазаць, да чыгуначных шляхоў стаіш азадкам, то-бок толькі зьяўляешся ў Заслаўі. Калі, наадварот, ужо зьбіраешся зьяжджаць і ўжо, напрыклад, ёсьць квіток на электравік Маламенск ці, напрыклад, Гудаменск, ці, напрыклад, Беларуменск, ці, напрыклад, на нейкі іншы ці ўвогуле квітка няма, але стаіш азадкам да станцыі Беларусь[101], то тады ўлева дзесяць мэтраў, там будынак на адзін грамадзкі ўваход — выключна паўусходнемужчынскі.

Адзін грамадзкі ўваход, няма некалькіх дзьвярэй, некалькіх увавыходаў — адзін уваход для чалавека службовага і ягоных туды ўваходаў праз залезныя дзьверы. Так калісьці сталася, і сталася адносна нядаўна, колькі год — год мінуў — мінула, тады ж сама і завёўся там гэны, гэты спадар геніяльны спадар Шпік, вельвучаны чалавек, якому, што вядовачна, працы не бракавала[102], але вось так зьбеглася жыцьцё, то-бок абставіны зьбегліся[103].

Зрэшты, працы яму ніколі не бракавала, хоць, па праўдасьці, і ня браў ён ніякіх абавязкаў ад абавязкаў, на яго пакідзеных, ці ад абавязкаў, якія сам на сябе пакладаў. А менавіта, вяльніяльны спадар Шпік не рабіў, спрэс звышстаранна адмаўляў усе магчымыя запыты й гэтак далей. Абавязаны дапамогай памочніка прыгапрацаўніка Льва, што, залішне аброслы, стаў на карачкі назаўжды і назаўжды перастаў займацца працай умысловай і працай фізычнаю таксама, то-бок куды-небудзь што-небудзь адносіць, а таксама адкульсьці штосьці прыносіць, меў сумнёў, што надалей чагосьці займее ад меньня таго Льва негаварушчага, што часьцяком зазіраў у прыбіральню, то-бок у хатку да Шпіка, і рыкаў, або енчыў, або мяўчыў.

Р!

Або,

А.

Або,

Мяў.

Што Шпік меў адказваць:

Працуй дбайна і старанна.

Што Шпік рабіў: не працаваў, не рабіў і гэтак далей. Спадар вяльніяльны Шпік нікога асаблівага асабліва не баяўся і нічога не рабіў дадаткам. Ён лагодна сядзеў на крэсьле, абапіраўся сьпінай да сьпіны крэсла вакол бруднай падлогі што-кожны-дзень і ў што-істотныя-дні таксама. Пакуль у той час, калі тым часам у пакоі нябожы тухла й тохла цела нябожчыка: што залыселы спадар Шпік, што зарослы спадар Леў не хадзілі туды, што зразумела, бо яны абодва не былі зь нябожчыкам знаёмыя, то-бок не ўсьведамлялі сябе зь ім знаёмымі, каб ладзіць такому хаўтуры.

Хоць, спраўдалівасьці дзеля, аднойчы спадар Леў, гарэзьлівы, калматы й юрлівы, прызьявіўся ў той частцы з тым целам. Гэта адбылося адносна нядаўна, колькі — год таму — калі ўжо юрлівы бегаў на карачках па кутах, заляцаўся да кожнага кута. Тады ён заляцеў у будынак праз увагход, палашчыўся да штопершага кута, потым далей да наступнага леваруч ад таго, далей яшчэ леваруч і яшчэ праваруч, леваруч і выйшаў да той былой службовай каморы й адразу ж зь яе выбег, ён яшчэ потым дзівіўся, як так адбылося, але дзівіўся з агульнай зацікаўленасьці тым, як сьцены могуць ператварацца ў лазы, ды наадварот, а не з зацікаўленасьці падзівіцца, як Міха-ён там ляжыць.

Нельга сказаць, што спадар Міхал Сьцяпан увогуле не цікавіў вяльніяльнага Шпіка, вельмі сьветладурнага спадара Льва ці людзёў наўкол увогуле, хутчэй, нікога ўвогуле не цікавілі ягоныя хаўтуры, чыясьці імамагчымая адказнасьць, і ўвогуле, можна сказаць, што наўкол кожны найпрасьцейшым варыянтам выхаду сябе з арганізацыі звыкла прынцыпова-кансэрватыўных хаўтур і падчаснага і далейшага, магчыма, дадаткам расьсьледаваньня абраў проста забыцьцё на гэтае забіцьцё[104]. Штокожны забыўся на нябожчыка, пакінуў яго і пакінуў усё так, як яно ўжо склалася ці сталася і не кранаў гэтае азначанае пытаньне ніколі надалей наўкол.

І гэтак далей, адным днём, летнім, ён усім падаваўся летнім. Было досыць цёпла, нават сьпякотна. Спадар Шпік сядзеў за сваім драўлянапрацоўным сталом, дапальваў сваю адзіную сваю першую цыгару[105].

І так, далей геній Шпік сядзеў у сваім працоўным габінэце і паліў сваю цыгарэту. Тамсям яго мінаў спадар Леў: гарэзлівы, імклівы. Ён тамсям скакаў, бегаў, скакаў, перасоўваўся і бязмэтна сноўдаўся найхутчэйшым чынам з усіх разумных, адэкватных чынаў.

Дзьверы біліся і перабіваліся, грукалі і грукаталі, тапарыліся, енчылі, крычэлі, бегалі, і ўся прыбіральня была прасякнутая тым енкам, крыкам і бегам пад мігцячым, бляклым сьвятлом, пад бессэнсоўным ужо шпікоўскім сур'ёзным сьцягам добрай надзеі, волі й імкненьня да вызваленьня ўсіх і ўсялякага, памкненьня да справядлівасьці й спраўдалівасьці ў самым найсур'ёзьнейшым разуменьні.

У гэтым сярод на парозе прызьявілася немаўля[106].

Найзвычайнае немаўля, што такое ж тое самае немаўля ў найпрасьцейшым, сур'ёзным разуменьні. Немаўля было маленькае. Вось там яно ляжала — Шпік здалёк паглядзеў.

Безуважным далёкім поглядам дзіця ўдавалася даволі жа-
люгідным — сэрца перакулілася ад жалю. Паўдохленькі
паўтрупік, худы-худы, лысы, вочы сумныя, і зморшчаны,
як ідыёт, хацеў, мусіць, заплакаць — і голасу не сабраў.

Шпік квола ўзьняўся да дзьвярэй, выйшаў да парога. Быў
цудоўны летні[107] дзень.

На парожку пры адзіным імамагчымым праходзе ў дзь-
вярох той былой грамадзкай прыбіральні: схапіў калыску,
выхапіў дзіця, паклаў яго назад, павітаўся, прэзэнтаваў-
ся, пагасіў недапалак, павярнуўся, усьміхнуўся, панёс
калыску да свайго стала, куды паставіў.

Ублізу малое было такое: капрызьлівае і ня надта нават
пэўна чалавечае, трошкі катоўскае, не падобнае да людзёў,
якіх мог ведаць Шпік, — ублізу стала гаварушчым. Гавару-
шча гаваркі, разумны такі, — падумаў Шпік. Апрача: сь-
мешны, мілы й гэтак далей.

І так, крык крыху крычэў, можа, ажно звонку тое было чут-
но. Вядома, што гэта зусім ня тое, што спадар вяльніяльны
Шпік быў чутлы чалавек, цікавіўся, як нейкае дзіцё ў яго
крычыць, ці енчыць, ці плача[108], але і гэтае дзіцё ня ней-
кае дзіцё, а тое дзіцё, што зьявілася на ягоным парожку.
Таму спадар Шпік прыслухаўся, ён нават заклаў рукамі
вушы. Ён нават пасьпеў прызадумацца, што калі ён вынесе
гэтае дзіцё, вынесе яго на чужыя парогі ўвавыходаў — на-
прыклад, на парог аднаго з дамоў недалёка ці на працоўны
парог станцы Беларусь, напрыклад, ад цяпер жа аднясе
немаўля кудысьці з азначаных мейсцаў.

Але такое дзіцё гаварушчае — Шпіку пачулася, што скрозь
рукі ён нешта пачуў. Вяльніяльны спадар Шпік прыпусьціў
сваю галаву, ён надзьмуў шчокі, адпусьціў рукі ад вушэй,
рукамі перакрэсьліў тулава. Прыслухаўся. Шпік прыслу-
хаўся так, што яму падалося, што ён чуе ўрывістыя словы,

часткі ўрывістых словаў, урыўкі чагосьці блізкаасэнсаванага і, магчыма, нават магчыма-ўсьведамлёнага.

Тыя ўрыўкі былі дзіцячымі. Тыя ўрыўкі былі словамі, якія
выкарыстоўваюць дзеці, каб зазначыць сваю прыналежнасьць у гэтым сьвеце, задаваць пытаньні. Спачатку Шпік
спрабаваў адказваць, спрабаваў рабіць выгляд, выглядаць
так, нібы разумее, і гаварыў дзіцяці так, быццам на ягове,
быццам ён яе разумее.

Але потым вырваў колькі словаў, усьвядоміў іх сабе сам. Ён
адразу ўспрыняў словы на веру, прыверыў і паверыў ува
ўсё. Самлелы Шпік самлела зьвярнуўся да немаўляці на
сваёве.

Я вяльніяльны спадар Шпік[109], пакліканы сюды найпростымі людзьмі колькі год таму? Пяць-шэсьць![110] Я той самы
найгеніяльны вялікі шпік спадар Шпік, што мае клапавагу
пра народ, і кожны, хто пасьпеў даць прысягу мне на веру,
той кожны мусіць з тым гадзіцца, табе распаказаць і давесьці пра сутаіснасьць гонару майго[111].

Далей немаўля самлела мармытала. Шпік працягваў распагаварыць[112].

Я спадарагаспакіраўнік Шпік! У азначатрэбным! Мейсцн
я, вяльніяльны гаспакіраўнік, затаму прашу вас! Выгнацца![113]

Шпік схапіў калыску з самлелым у ёй дзіцём, схапіўся сам
хапком, выпхаў яе вонкі, але схапіў толькі сабе ж па карку[114] і ўхапіўся за яго, узьняў вочы й хуткаўмомант нейкае
жанчо ў гожым фартуху перахапіла калыску ў яго.

Вядома ж, спадар Шпік неяк ужо бачыў прыўкрасных фартухоў, але ніяк ніколі ня бачыў фартуха прыўкрасьней. Той
фартух, як магло пабачыцца ў хуткасьць некалькіх імгненьняў, быў белым, бліскуткім. На ім быў надрукаваны

асаблівы ўзор. У хуткасьці наступнага імгненьня спадар Шпік забачыў лысага ката, якога раней, падчас знакамітага Выгнаньня ката, выгнаў дакладным ударам нагі ў катоўскі бок. Гэты лысы кот, уласна, быў малюнкам на гэтым прыгожым белым фартуху.

Але за перахопленым дзіцём пляскам дзьверы запляснуў. Шпік вярнуўся да стала, сеў за стол на крэсла.

Шпік сядзеў некалькі пэўных хвілінаў, пільна сачыў за мухай, што квола паўзла па ягоным стале. Ва ўласнай раптоўнасьці пляснуў рукою па стале такім чынам, каб забіць тую кволую муху на гэтым стале. Тую кволую муху! Такую кволую муху, што ледзь поўзала па стале, перабірала лапамі так квола, што нібыта ёй штораз трэба было іх ад чагосьці ліпкага адляпляці й прыляпляці да гэтага чагосьці ліпкага[115] наноў праз колькі-некалькі якіх мілімілімэтраў. Дзе напраўду там нічога ліпкага не было, стол быў чыстым ад ліпкага, ён быў толькі ў пылу, што, так ці інакш, не дазваляла мусе па ім свавольна перасоўвацца, бо тая муха была настолькі кволай, што калі ўзяці іншую муху і ейную хуткасьць для параўнаньня з той мухай[116] і ейнай хуткасьцю, то, напэўна, розьніца была б значнай. Напэўна, настолькі вельмі значнай, што, дапусьцім, калі мы возьмем тую ўмоўную муху[117] і возьмем тую муху са шпікоўскага стала і прымусім іх паўзьці ад аднаго скраю чагосьці да іншага скраю таго самага чагосьці[118], то будзем проста шакаваныя, наколькі тая ўмоўная муха хутчэй поўзае[119]. Таму забіці тую кволую муху было зусім нескладана, але ўвогуле можна і не зьвяртаць на яе і на забойства яе аніякае ўвагі[120].

Што Шпік зрабіў.

Больш важтым той увагі й больш зьдзіўленчым у той момант, напрыклад, было тое, што спадар прыгапамочнік Леў зьнянацку спакваля выканаў сваю колішнюю непасрэдную задачу. Спадар Леў на карачках у зубах прынёс і з зубоў перадаў спадару гаспакіраўніку Шпіку нейкае тэкставае паведамленьне, нейкі хібна накрэмзаны дакумант, ліст, пагрызеную цыдулку.

У які пакой мне трэба пайсьці, каб засьпець вас а палове на першую?

Вядомы Шпік, вядома, здагадаўся, ад каго такая цыдулка данесеная, хто яе накрэмзаў. Ён мог бы адразу ўстаці й пайсьці за дзьверы й адказаці жанчаці, што

Рады Я! напаткаць яе ў гэтым — то-бок ужо ў тым — адзіным пакоі, дзе знаходзіўся і амаль заўсёды знаходзіўся, — прагадумаўся фартух.

Але затым прыгадажалася немаўляці ў руках.

Вядома, вядомы Шпік мог было даслаць і Льва перадаць адказ — запрашэньне для жанчаці. Для адное жанчаці: зь ёй і безь дзіцяці. Але Леў: дурны, бы сабака. Атрымліваецца, што так: спачатку фартух, потым немадзіця, апошнім Леў. Шмат чыньнікаў: па-першае, фартух; па-другое, немадзіця; па-трэцяе, Леў, — таму Шпік проста выбег настрэчу[121].

У чым патрэбаваньні, спадарыня?

Тая жанчына, якая акурат стаяла акурат пры дзьвярох, зухавата з узьнятай галавой ледзь ня цалкам увайшла ва ўваход у прыбіральню — памяшканьне Шпіка — наблізілася да Шпіка блізка, ледзь не ўсутыч. Узбуджаная, заўважная звонку і чырвоная яна, засакатала.

Я Ве()а Ве()ас — я спада()ыня Ве()ка Ве()ас — я стаяла азадкам да — я стаяла азадкам да чыгуначных шляхоў — я толькі зьявілася ў Заслаўі.

Вы прызьявіліся тут?

Я зьявілася зь цягніка. Я сышла — са мной дзіця!

Вядома тое, што вядомы спадар Шпік бачыў такіх людзёў, якія прыяжджалі, на сваёй чыгуначнай станцыі Беларусь ледзь не штодзённа цягам прамінулага году, але было шчырым — спадар вяліка-геніяльны Шпік глядзеў на фартух, які быў на спадарыні, таму ён, вядомы, вядома, ня стаў слухаць усяго, але ж — бязьлітарнасьць, бяззубасьць.

Я пыехала ў ста(л)ую — сюды — у агідную і потную пыбі-папапамяшканьне. Я пэўная, што такая будзе туліць тут — маё дзіця Бела(л)усі.

Спадар Шпік глядзеў уважліва, заўважаў.

Выглядае на тое.

Маё мілае дзіця адтуль! — тут пачалося. Яно пачалося з ад-бітку, адлюставаньня сягосюды паўсюль.

…

Спадарыня Верка Верас паглядзела ўгару.

П(л)ашу!

…

П(л)ашу!

Вы хочаце?

Выглядае на тое.

…

Вы плачыце мне? Вы мне просіце? Выпрабачайце.

…

…

Дайце дазвол мне схадзіць туды, у вашыя адмысловыя па-мяшканьні, каб там пасікаць. Я маю на гэта адмысловыя паперкі ў кішэнях маёй спадніцы. Я магу паказаць.

Шпікоўская хатка больш была зусім не прыбіральняй: Шпік разумеў. Ён зьбіраўся зачыняць дзьверы, але на сэкунду прычуліўся і ад сваёй сэкунднай чуласьці яму закарцела — спадарыня Верка Верас заскокнула зь дзіцём на руках і папрасіла Шпіка не паварочвацца ў ейны бок.

Вяльніяльны спадар гаспакіраўнік прыгадаў неістотную расплюшчаную муху, якую расплюшчыў[122], хоць часам праз такое яму і здаралася саромецца, хоць ён разумеў сябе, усьведамляўся ня самым кранальна-чулым[123] чалавекам, але, напрыклад, прыгонны працаўнік, адзіны блізкі, падавалася яму, набліжаны яму чалавек — і той абыдлеў. Жанчо з фартухом іма-вернае, магчымае. Магчыма, зь ёй яму можна перастаць запыхацца, бянтэжыцца, напластоўваць словы, але яна маці нечага немаўлячага — неістотна, неістотна, неістотна — імамагчыма, ужо мажволена баглядзець.

Шпік павярнуўся.

Шпік пабачыў толькі адбітыя куты й Льва з кутамі. Вяльніяльны Шпік упершыню ўсьвядоміў сябе ашукабітым, што румзануў сьлязу, далей зарумзаў грунтоўна і доўга — усю ноч, дарумзваў на наступны дзень — не падпускаў нікога блізка і сам трымаўся воддаль ад усіх.

А немаўленчае дзіця, недзе схаванае, чакала свае пары.

2.

Той лысы кот, што ўладкаваўся ў Менску зусім нядаўна, толькі надоечы шапічак набыў, адкрыў, аздобіў яго шаўрмарным чынам, але ж гэта той лысы кот Грыпміна, што карэньнем з іншагародніх гарадзкіх, з залішне ўпартых, учэпістых, ён распачаў свой бізнэс у сталіцы і за крохкімі крокамі велічэзным скокам заскочыў угару капіталістычнае сыстэмы.

Росквіт капіталізацыі ката Грыпміна распачаўся, калі хлапец Якуб, спадар Якуб, хлапец бяз грошай, але зь яўнай прагай да віна, адважыўся запхаць бутэль сабе пад пахі[124], а затым прапанаваць свой чын аздабленьня шаўрмарні.

Далейшае разьвіцьцё Кафэшкі цяжка ўхапіць, але можна засяродзіцца на двух значных днях таго ўмоўнага году, што прайшоў пасьля знакамітага Выгнаньня ката:

На Раство: Кафэшка — скамечаная, абдрапаная, аблезлая забягайлаўка каля Камароўскага рынку.

На Купальле: Кафэшка — буйная сетка шаўрмарных, што поўніць усе прасторы ўсёй Беларусі ўздоўж і ўшыр.

Гэтая сетка Кафэшак стала такой усеахопнай, што падрабязнае апісаньне гіне, але ўяўленьне жывое. Уявіце.

Уявіце цэлы сьвет у межах Беларусі, дзе ледзь ня кожная кафэшка замененая Кафэшкай, дзе існуе такі велічэзны, мэтровы ў шырыню, двухмэтровы ў даўжыню ежыва-магнат. Дзе ён абвязаў, абкідаў усе свае пункты абеданьня дзецьмі ад розных жонак. Сьвет, дзе зь ежы ёсьць есьці только тое, што каты даюць, ніяк іначай. Уявіце.

Уявіце горад Жлобін, які не падзяляецца на вуліцы, які падзяляецца на мікрараёны, уявіце там дзевятнаццаты мікрараён, дзе ў адным з шэрых жлобінскіх дамоў Кафэшка займае цяснотныя сутарэньні, дзе паветра стаіць то клубом, то камяком, то слупам, дзе састарэлая дохлая ежа гніе накшталт леташняй саломы, дзе ўладарыць Жлобінскі пан Катовіч, народжаны маладой дзяўчынай Гэляй, адной зь першых наведвальніц першай Кафэшкі, ад ката Грыпміна крывым, касым і бязлапым, праз што перасоўваецца ён паволі, хоць і досыць бадзёра для таго, каб трымаць Кафэшку ў Жлобіне і каб трымаць усе астатнія кафэшкі й сам горад у страху і напужанасьці, выклінанымі ягонай непамернай сур'ёзнасьцю і мейсцамі нават жорсткасьцю таксама, празь якую ягоныя хуткананятыя падпарадкаваныя заўсёды рабілі для яго выгляд, што працуюць, але не працавалі напраўду, бо Жлобінскаму пану Катовічу апрача сваіх касых, крывых, бязлапых, сур'ёзных і нават-жорсткіх-таксама ўласьцівасьцяў былі ўласьцівыя й дурныя ўласьцівасьці, якія замінАлі яму ўсялякую працу кантраляваць, але не замінАлі кантраляваць ейную наяўнасьць ці адсутнасьць[125], чым усе карысталіся і пры гэтым баяліся, бо даруйце-ратуйце Матка Боска, Божухна і Пан Езус, калі Жлобінскі пан Катовіч не ў гуморы напаткаў бы вас ці каго-небудзь увогуле[126] на вуліцы ці яшчэ дзесьці ўвогуле, бо інакш аніхто анікога ня выратуе і кот-Катовіч кагосьці зжарэ, бы як ягоны бацька жэр сваіх дзяцёў немаўлятамі, Катовіча за Катовічам, не шкадуючы нікога ўвогуле, апрача тых, каго забіралі, адпраўлялі падалей зь Менску ўздымаць Кафэшку ў адцягнутых кутах падалей, што, відавочна, не заўсёды атрымлівалася ідэальна[127], але, зрэшты, атрымлівалася ўвогуле[128].

Уявіце горад Іўе, дзе сын Грыпміна, Іўеўскі пан Катовіч, адкрыў Кафэшку ў старым драўляным доміку на прахаднной
Камсамольскай плошчы, насупраць выканкаму, уявіце,
што нават у гэты стары дом людзі з ахвотай хадзілі паесьці, пагатоў там рабілі смачнымі шаўрму, кебаб і фаляфэль
і пагатоў Іўеўскі пан Катовіч быў прыемным катом, які,
уявіце, ніводнай мухі нават не пакрыўдзіў[129], уявіце яго
падцягнутым, зграбным лысым катом сярэдніх памераў
з шэрсткай ва ўнутар, якая адрозьнівала яго ад іншых катоў сярэдніх памераў і выкрывала наяўнасьць у яго вялікіх
злодзейскіх намераў, але толькі ўнутры, таму ён уяўляўся добрым, але якім бы ён ні ўяўляўся — добрым — ён усё
адно заставаўся злым Катовічам, магчыма, з наяўнасьцю
пералескаў дабрыні, пераблескі надзеі ў іх, гэтыя пералескі-пераблескі, захоўваліся ў ягонай маці — старухі Язэты,
але яны збольшага, ледзь ня цалкам былі разбураныя калі
не адразу па адкрыцьці, дык адразу за папулярнасьцю, за
першай запатрабаванасьцю таго мейсца, той Кафэшкі, бо
тады ж адразу ёй выявіўся і для яе акрэсьліўся сапраўдны катоўска-капіталістычны нораў Катовіча, больш-менш
прыхаваны раней стратэгічнай прыязнасьцю, але ўявіце астатніх іўеўцаў, для якіх нічога не зьмянілася праз
тое, што згодна з выкананьнем і высоўваньнем наперад
стратэгіі ўстойлівага разьвіцьця і канцэпцыі міласэрнасьці катоўскай лютасьці не магло выявіцца масе іўеўцаў
і акрэсьліцца для іх, праз што ўсе шляхі, дарогі, сьцежкі
да Кафэшкі пакрыжаваліся ў душах жыхароў прыкафэшнага гораду, праз што тыя самыя жыхары прасякнуліся любоўяй да Кафэшкі й ката і дабром прынялі яго сваім
уладаром: усе, усе за выключэньнем, магчыма, некалькіх
чалавек, вольных дзідаў, якія прыехалі ў Іўе вызваляць Іўе
зьмяненьнем уладкаваньня сьвету ў канкрэтна азначаным
месты, уявіце, шляхам, напрыклад, падпаленьня, напрыклад, Кафэшкі, і добра, што яны так не зрабілі, а толькі

падумалі, бо іх бы забілі, а так толькі выгналі, пасьля чаго безумоўны ўжо ўладар гораду Іўеўскі пан Катовіч адкрыў яшчэ адную кафэшку на беразе Іўянкі на вуліцы, названай калісьці ў гонар Карла Маркса.

Уявіце горад Бабруйск, куды Бабруйскі пан Катовіч прыехаў — бы Пілігрым, які нясе малітву, — несьці Кафэшку, уявіце памяшканьне, якое для гэтага абраў: на першым паверсе гандлёвага цэнтру, што, вядома і відавочна, недалёка ад агульнага цэнтру места, але ня ў самым цэнтры, хоць у Бабруйску асабліва і няма цэнтру, хіба што за яго можна ўважыць знакаміты помнік Бабру, ад якога, калі рухацца ўніз па вуліцы, уявіце, а потым, уявіце, збочыць праваруч, выйсьці на вуліцу Дзяржынскага, можна заўважыць цэнтар Авангард зь дзьвюма дзьвярыма, зь якіх правыя прыналежаць Бабруйскаму пану Катовічу і адчыняюцца акурат у Кафэшку, аздобленую абсалютна роўным шаўрмарна-катоўскім чынам, як да Бабруйску скрозь, так і за Бабруйскам гэтакім жа самым чынам, мусіць, аздабляюцца ўсе шаўрмарні, і адзінае, што было прыкметным, адзіным, што вылучала гэтую Кафэшку, было невялічкае пано з выявай уладара — сярэдняга, роўнага ката, што напраўду не адпавядае праўдзе, бо на выяве гэты лысы, сярэдні, роўны кот не такі жорсткі, як у жыцьці, а ў жыцьці ён вельмі жорсткі, найжарсьцейшы з усіх Катоў Катовічаў праз тое, што меў найраўнейшы Катоўскі характар[130], найраўнейшую Катоўскую зьнешнасьць[131], найраўнейшы Катоўскі падыход да бізнэсу[132], і праз гэта, вядома, людзі да яго ня йшлі, — уявіце, праз тое, што бабруйчане ня йшлі ў бабруйскую Кафэшку, Бабруйскі пан Катовіч памкнуўся ім у давер, для гэтага пайшоў да сынагогі, потым да царквы, потым да выканкаму, і ўсяго паўсюль атрымалася так, што і потым унутры даверу ён зарабляў грошы, ён імпэтна ўладарыў, кіраваў даверам, уявіце, ён упэўнена руйнаваў лёсы звычайных людзёў: пачаў у тры месяцы[133] і падуладзіў увесь раён, а потым усю вобласьць, далей перастаў быць Бабруйскім панам Катовічам, а стаў Магілёўскім Арцыкатом — уявіце, ён меў у абавязках уладу, кіраўніцтва і зьдзекаваньне над, над і з усіх Катоў-сваіх-братоў, але вынікам ледзь ня ўсіх зьмяніў сваімі ж уласнымі дзецьмі.

Уявіце горад Гародню чыстым і сьветлым местам мастоў, дахаў і іх маленькіх домікаў, уявіце, у іх жывуць чыстыя і сьветлыя маленькія людзі, якія прачынаюцца рана, а шостай гадзіне раніцы, уявіце, яны прачынаюцца і йдуць на шпацыр пад масты і цераз масты, уявіце, што праз масты хтосьці зь іх ідзе пазьней на працу, хтосьці зь іх не ідзе на працу, хтосьці залазіць пад дахі ці на дахі маленькіх дамоў-домікаў, залазіць на тэрасы, залазіць на свае важныя маленькія мейсцы, сьвяткуе ўсё, кожны свой самы значны дзень у самыя значныя дні, зачараваныя чароўным, хмельным хараством, яны п'юць, яны пяюць ці не, яны ходзяць пад мастамі, уявіце двух дзяцёў, уявіце раку і ўявіце мост[134], і ўявіце дзяцёў пад тым мостам, цікава-цікава, ці гэта брат ды сястра, ці першы жаніх ды першая нявеста — няважна, няважна, ня трэба замінаць, уяўленьне надалей, далей зрыў з замкаў уніз, уніз, уніз да Нёману, што шумам шуміць і тлуміць тлумам і тлумленай плыньню буянай ракі, што разлучае маленькую Гародню на Фолюш, напрыклад, і на Гараднічанскую, напрыклад, напрыклад, разлучае вядомы гандлёвы цэнтар і, напрыклад, вуліцу Міхася Васілька, але — няважна, няважна, куды далей — няважна, неістотна, бо Гародня ё' адзінае мейсца мастоў і дзяцёў, і маленькіх людзёў з патрэбай прачынаньняў а шостае гадзіне раніцы штодня, каб штодзень правесьці распаволена, спакойна і павольна, каб было можна сказаць, што, можна сказаць, дзень пражыты недарма, бо, магчыма, людзям у Гародні, паўсюль, гэта ім вельмі важна, гэта для іх самае, што ёсьць і маюць, значнае, што спакой вакол і што сонца на нябёсах, якое грэе і цешыць, насычае, напрыклад, чароўныя кветкі са страшэннымі каранямі[135], але ўявіце, што нам тое недасяжна, бо мы, уявіце-ўявіце, у любым іншым горадзе Беларусі, а то-бок, ergo, у нас у горадзе завёўся Катовіч, а ў Гародні такога, свайго — няма, хоць удаецца, усё больш пачынае падавацца, што Гарадзенскага пана Катовіча проста ніхто не заўважае.

Уявіце цяпер, уяўленьне вядзе, уявіце маленькую вёску Месткавічы ў Пінскім раёне[136], дзе жыве некалькі бабуляў і некалькі дзядуляў, некалькі кнуроў, кароваў, некалькі бадзяг, некалькі прадаўцоў, некалькі прадавачак і Месткавіцкі пан Катовіч, які, — ну — там — ну — прыгнячае людзёў, крывавы людажэр і дыктатар — навошта — уявіце замест Прадуктаў у Месткавічах — Кафэшку і паспрабуйце ўявіць, што яна там таксама пасьпяховая, што ейны ўладар таксама прыгнячае некалькіх некалькі, але дарма — уяўленьне спарахнела, уяўленьне нежывое.

Уявіце, як пачаў калісь над — і скончыць побач.

Уявіце Верку Верас, якая заўсёды трымалася сваіх[137], але зрэдчас так проста падпадала пад уплыў, і так проста падпала пад уплыў чужых вачэй ката Грыпміна і ў іх сваіх адбіткаў. Уявіце, праз гэта спадарыня Верка Верас змагла стаці камусьці мамай, камусьці жонкай, таму і не зьдзіўляйцеся ва ўяўленьні й уявіце яе апошняй мамкай апошняга, Беларускага пана Катовіча — усё. Уяўленьне мёртвае ўявілі.

3.

Валя! Валя! Валя! Валя, бляць! Уставай, Валя, Валя, бляць, Валя, уставай!

Валя зноў уставай! Валя зноў уставай, каб, Валя, ісьці з дому, зноў ісьці зь Зялёнай вуліцы і каб, Валя, зноў спусьціцца.

Валя! Валя!

Але! Але Валя ж гэтага ня хоча. Не хачу. Валя ня хоча нічога і ня хоча нікуды выходзіць, ісьці, ісьці, ісьці-ісьці, Валя!

Валя! Валя, прачынайся, Валя!

Выклікаюць, клічуць, увядуць.

Валя! Валя! Валя!

Варта на паклон да Беларускага пана Катовіча: клічуць кланяцца яму.

Валя!

Дурны дробны буржуй драбязьліва-гнюснай катоўскай сутнасьці, што задзяўбаў.

Ты мяне задзяўбла! Валя!

Валя верыць у цмокаў, а таксама верыць у тое, што цмокамі становяцца зьмеі па прашэсьці ста гадоў, то-бок па ўласна сваім зьмяіным стагодзьдзі, калі заўгода, калі дагодна, але па Валіным веркаваньні менавіта праз сто гадоў пасьля нараджэньня зьмяя пераўтвараецца ў цмока і ўздымаецца ў нябёсы, каб адправіцца на самую далёкую выспу.

Валя, хадзем! Валя!

Валя верыць, што калі для Заслаўя існуе самая далёкая выспа, то для самай далёкай выспы існуе Заслаўе ў якасьці самай далёкай выспы.

Бляць! Валя!

Валя верыць, што Беларускі пан Катовіч — стогадовы зьмей, які прыляцеў з самай далёкай выспы ў Заслаўе — самую далёкую для сябе выспу.

Валя! Годзе! Годзе, спаць, дурная!

Беларускі пан Катовіч — гэта месяцовы буйны коцік лысай вонкавасьці й са сьмярдзючым і кепскім усім, і, халера, невыносным усім.

Халера! Валя!

Ну, а напрыклад, быў бы ён цмокам, напрыклад, быў бы ён зьмяёй з далёкай выспы, з самай далёкай выспы, якая прыляцела ў Заслаўе па прашэсьці сваіх ста гадоў.

Валя! Я стамілася чакаць!

То ўсё адно — нічога б не зьмянілася. Ён быў бы лысым цмокам з далёкай выспы, можа, з самай далёкай выспы, але ж усё адно загадалі б ісьці да яго ў шаўрмарню жэрці тую шаўрму.

Халера! Валя, халера, мы мусім быць у Кафэшцы празь дзесяць хвілінаў!

Валя ненавідзіць такія кожныя раніцы, гэтага ката, гэтую кафэшку Кафэшку, часткова, магчыма, ненавідзіць яе, таму і не ўстае і адмаўляецца адказваць і адмаўляецца ўставаць.

Валя! Скажы мне, ты дурная?

Валя ляжыць у сваім пакоі на белых прасьцінах пад самым дахам на другім паверсе пад крыкі яе на старым ложку пад коўдрай са старым падкоўдранікам з выразам, з разрэзам у форме ромба па цэнтры, празь які выпадала шарсьцяная коўдра штораз, калі Валя ўставала і кудысьці ішла, таму Валя не ўстае і нікуды не ідзе.

Валя! Скажы мне, ты жывая?

Валя ляжыць маўчком, лежма ляжыць, але не хаваецца, ня хоча хавацца, і, калі б яна напраўду аклапацілася, ці Валя жывая, яна магла б проста зайсьці і проста праверыць, і калі яна была б ужо ў пакоі, то нават і проста забраць Валю гвалтам таксама, але яна проста не заходзіць і проста не забірае, таму і Валя проста не выходзіць і проста не ідзе.

Валя! Я зараз пойду сама, Валя!

А калі б Валя пайшла сама? А? Гэта ўсё дурна, гэта ўсё дурненька і напраўду гэта на праўдачку не падобна, выглядае неяк неістотненька.

Валя, бляць!

Пасьля амухаўленьня айчыма яна доўга злавалася, але з часам стала лагаднейшая і мякчэйшая за тое, чым была раней.

Бляць!

Стала зьвяртацца неяк так, дачушка-дачушка, а яшчэ пачала набываць чупачупсы, хоць ёй, зразумела, самой гэта ўсё цяжка і далей і гэтак падчас было цяжка і складана і, пазьней, пасьля таксама.

Валя, бляць! Пайшлі!

Вядома, што, вядома, па зьяўленьні ката лагоды стала ўжо меней, яна болей Валю ня лашчыла, ня звала ласкава, а толькі выходжвала і абходжвала, нібы на продаж, у жонкі кату-Катовічу.

Валя! Валя! Ніхто на цябе чакаць ня будзе! Валя!

Па адчуваньнях гэтыя крыкі доўжацца ўжо больш за паўгадзіны, менш за гадзіну, яны нібы доўжацца прыкладна сорак хвілінаў, але Валя баіцца глядзець на гадзіньнікі, каб даведацца дакладна, магчыма, баіцца ўзяць адказнасьць, магчыма, баіцца пабачыць, што напраўду прайшло ўсяго чатыры хвіліны.

Валя! Не выпрабоўвай! Валя! Валя! Маё цярпеньне!

Валя проста ляжыць і ў моманты, перамежкі часу, калі яна маўчыць, адчувае сябе проста прынцэсай на сваіх белых прасьцінах і нават усьміхаецца.

Валя! Бляць! Таксама, Валя! Я зараз! Валя! Я зойду!

Пачуліся грукі, гукі, пераступы, гукі настаньня на лесьвічныя прыступкі й нарастаньня гукаў падыходу да пакоя Валі на другім паверсе, што ўверх па лесьвіцы.

Валя! Уставай!

Валі закарцела схавацца.

Валя!

Зьбегчы ўніз па лесьвіцы, выскакнуць з вакна, схавацца пад ложак, пераўтварыцца ў муху, схавацца ў шафу.

Валя! Валя!

Валя ня будзе хавацца!

Валя! Хадзем!

Гаварыла сабе не хавацца! Схавалася пад коўдру.

Валя, уставай!

Валя ляжыць нерухома.

Валя! Уставай!

Ня буду!

Валя, уставай!

Валя! Уставай! Валя! Ня буду?! Валя, пайшлі! Валя, ня буду! Зьбегчы ўніз па лесьвіцы, выскакнуць з вакна, схавацца пад ложак, пераўтварыцца ў муху, схавацца ў шафу

Валя пайшлі! Валя, я з табой! Нацярпелася!

Валя, давай-давай, Валя! Валя, давай уставай, Валя! Валя скокне з вакна.

Валя, хопіць! Валя, давай, ідзем да ката! Валя! Ну, Валя! Табе, Валя, сорамна! Ты скрала Эдзіка, Валя! Валя, ён муха! Валя! Валя, ты скрала яго, Валя! Табе сорамна, Валя! Ладна, Валя-Валя, пайшлі, Валя-Валя, уставай, Валя-Валя.

Я не магу, Валя, я Валя, я не магу!

Валя, бляць, Валя! Валя, уставай, Валя, пайшлі, Валя, я плачу! Валя, я не магу! Валя-Валя, хто забіў Эдзіка! Валя, я не магу, Валя, хто ён, Валя і Валя, дзе? Ён мяне біў, ён мяне гвалтаваў наватаксама, ён — наватаксама, Валя! Ён, Валя, ён — Валя — пайшлі.

Ня пойду.

Валя-Валя-Валя! Хадзем туды![138]

4.

Пасьля таго, што адбывалася раней[139], усё адбывалася на-
далей. І так далей Спадар Геніяльны Шпік, выкінуты й зь-
няважаны, рыхтаваўся да лёсавырашальнай бойкі зь Бела-
рускім катом Катовічам, што заняў Шпікоўскае ўжо ледзь
законнае мейсца, заняў ягоную прыбіральню і авалодаў
тым народам, што Шпік ужо зь некаторых нагодаў уважаў
сваім.

Спадар Геніяльны Шпік затаіўся каля прадуктовай крамы
праз рэйкі ад катоўскага аседка, былой Шпікоўні, былой
грамадзкай прыбіральні, затаіўся паміж чыгуначнай стан-
цыяй Беларусь і касьцёлам.

Са Шпікам застаўся ягоны ганаровы служка, прыгапрацаў-
нік Леў, які па звычаі зазвычай бегаў вакол крамы і апроч
гэтага нічога не рабіў. Больш нікога не было, не было куды
адпраўляць дакуманты, каб іх адпраўляць, не было больш
адкуль атрымліваць нейкія заданьні, каб іх выконваць, не
было больш просьбаў, каб іх вырашаць, не было больш ні-
якага сьледзтва, каб яго расьследаваць.

Нікога няма, няма куды адпраўляць дакуманты, няма іх
адпраўляць, няма адкуль атрымліваць заданьні, няма
іх выканаць, няма просьбаў, няма іх вырашыць, няма
сьледзтва, няма яго расьследаваць.

Застаўся толькі сам Шпік і сам Леў, і ў іх застаўся толькі
абавязак, засталася толькі ганаровая варта забіць пані-
ча і прыгнятальніка, забіць лысага ката, пакуль той не
разжэрся звыш усякае меры, пакуль той ня стаў адзіным
магчымым і паўнаўладным уладаром Заслаўя, уладаром
Беларусі, пакуль той не пажэр кожнага сумленнага чалаве-
ка ў гэтым месьце.

Для зьдзяйсьненьня чыннага супраціву трэба арганіза-
ваць афіцыйную бойку — двубой. Геніяльнаму Шпіку

трэба выклікаць Беларускага пана Катовіча на афіцыйны двубой — адзін на адзін, але ня сам-насам — пры публіцы.

Шпік сядзеў на ходніку, скрыжоўваў ногі і рыхтаваўся да гэтага лёсавырашальнага: запрашэньня, двубою і публікі.

Валя ішла са свайго зялёнага дому праз краму да касьцёла ўгару і далей да крыніцы ўніз — уніз, уніз.

Праз краму ішла Валя. Перад тым крыўдна абмінула грамадзкую прыбіральню, перайшла праз рэйкі, прайшла паўз бутэлькавыя сьметніцы і каля крамы абмінула Шпіка. Але апрача яна не абмінула Льва, якога яна напаткала. Яна яго напаткала.

Напэўна, Валі спадабаўся Леў. Хутчэй за ўсё, ён змог ёй спадабацца раней, але найбольш імаверна тое, што ён, прынамсі, проста мог бы падабацца ўвогуле, бо ён прыгожы, але, праўда тое, што дурнаваты. На жаль, такое не ўдаецца самым страшным ва ўмовах, пастаўленых Валі.

Яна, Валя, яна, Валя, яна яму распавяла — Льву. Яна натуральна кінулася, не стрымалася і распавяла. Сказала яму, што яна баіцца. Валя яму сказала, толькі кінула, хутчэй упусьціла колькі, некалькі, словаў ці слоўцаў, што баіцца[140]. Яна сказа: — ла-ла-ла, я яго баюся. Яна так падзялілася, можа, яна так падзялілася з роспачы й безнадзейнасьці, а можа, зь безнадзейнай роспачы ўвогуле агулам.

Леў тое сьцяміў.

Р!

Або,

А.

І Леў сьцяміў тое ўвогуле і счапіў Валю зубамі за руку. Леў счапіў Валю за руку і пацягнуў да Геніяльнага гаспакіраўніка Шпіка, які сядзеў на ходніку і рыхтаваўся да двубою супраць ката.

Добра, што атрымалася такім чынам, што Валя так і не глядзела на Шпіка, але Валя здолела яму паўтарыць, паглядзець на свае боты й прараўці яму тыя нягеглыя некалькі словаў — ла-ла-ла, баюся ката, — няважна. Няважна, бо Шпік яе не паслухаў. Ён яе не паслухаў, бо ён быў заняты. Шпік быў заняты, бо ён уставаў, каб ісьці прапаноўваць кату двубой.

Шпік устаў, ён пайшоў да грамадзкай прыбіральні прапаноўваць кату вельмі значны двубой. Валя з Львом засталіся сам-насам упершыню, чым нягеглы небарака Леў вырашыў недарэчна скарыстацца.

Менавіта. Усьцешаны тым, што яго ўпершыню заўважыла і даверылася Таксама, Леў захацеў абняць альбо нават за-абдымаць Таксама, магчыма, далей захапіць, зачапіць яе. Для гэтага ён спачатку прыабняў, потым плянаваў яе абняць, але гэта зрабіць у яго не атрымалася — балазе.

Валя выкруцілася, бо яна адапхнула таксама, бо яна ўпала і яна зарумзала моўчкі.

Сярод пакінутага маўклівага румзаньня Валя трошкі вымавілася пра тое. Яна прамовіла: рум-рум-рум, кот хоча ажаніцца. Апроч гэтага яна выпадкова[141] вымавілася нібыта, што памрэ ў такіх жонках з агіды агулам, а яшчэ з брыдкасьці нараджаць таму Беларускаму пану кату-Катовічу дзяцёў у прыватнасьці.

Леў ня ведаў, што з такой ёй яму рабіць. Леў проста такую так счапіў зубамі: моцна. Ён пацягнуў, пацягнуўся ўсьлед за Шпіком. Так яны перайшлі тыя рэйкі, так яны пабачылі, як Шпік грукоча ў адзіныя Кафэшкавыя дзьверы грамадзкай прыбіральні,

Леў з Валяй схаваліся за той аркай, якая ўдавалася бессэн-
соўнай, за такім архітэктурным выбрыкам. Леў адпусьціў
Валю, і так яны там пачулі, як кот вылез са сваёй хованкі й
пачулі далей, што ён прыняў прапанову на двубой пры ад-
зінай умове — пры загадзе да Шпіка самому абраць дзень
правядзеньня такога двубою, час правядзеньня такога
двубою і мейсца правядзеньня такога двубою таксама, але
пры наступных акалічнасьцях: Шпік можа абраць толькі
выходны дзень, толькі ранішнія гадзіны й толькі плошчу
ў якасьці мейсца ўсяго правядзеньня.

Шпік згадзіўся. Шпік сказаў.

Будзем біцца заўтра. Будзем біцца ў суботу, а дванаццатай
гадзіне на галоўнае плошчы.

Кот не згадзіўся. Кот сказаў.

Будзем біцца пазаўтра. Будзем біцца ў нядзелю, а дзясятай
гадзіне на галоўнае плошчы.

Таксама кот Грыпміна абавязаўся забясьпечыць Шпі-
ка зброяй, так бы мовіць, адпаведнай зброі ката, каб яны,
маўляў, так бы мовіць, біліся на роўных. І за тым пляснуў
дзьвярыма Шпіку акурат перад носам і хай яго халера.

Хай яго халера.

Шпік будзе біцца з катом у нядзелю а дзясятае гадзіне на
галоўнае плошчы. Шпік кінуў долу галаву і ўзрушана па-
чэпаў прэч і не паварочваўся зусім. Такім чынам, Шпік
чэпаў у бок вуліцы Зялёнай, на яе. На ёй яго насьпелі Валя
з Львом.

Валя, безумоўна, усё яшчэ адмаўлялася глядзець нават
у бок Шпіка, але, безумоўна, прасякнулася нейкай чулась-
цю і нейкім адчуваньнем агульнай справы. Яна вырашыла,
безумоўна, Шпіку дапамагчы, пагатоў ён ужо быў, ён ужо
знаходзіўся на ейнай Зялёнай вуліцы, недалёка ад ейнага

дому, таму Валя і вырашыла яго да сябе запрасіць, падумала так будзе лепей, а разам зь ім яна, безумоўна, вырашыла запрасіць і ягонага дапаможчніка — прыгапрацаўніка Льва. Але такое было магчыма толькі пры ўмове выконаньня пэўнай схаванасьці, пэўнай таямніцы іхных дзеяньняў, хаваньняў і агульнай хованкі таксама разам з тым, то-бок пры той умове, што іх усіх разам не пабачыць маці Сьветка.

Пры гэтай умове Шпіку і Льву варта было б пражыць амаль два дні ў Валіным пакоі, а лепей, далей, унутры шафы ў Валіным пакоі ці пад Валіным ложкам. Але так лепей жа жыць, чым жыць амаль два дні яшчэ на вуліцы з магчымасьцю быць пакамечаным ці пабітым кімсьці з тых, хто ўжо неяк, цалкам ці не зусім, падпарадкаваўся кату; Шпік адчуваў роспач побач.

Лепей схавацца на другім паверсе дому 23 на Зялёнай вуліцы, лепей нікому не паказвацца, нават маці Сьвеце, лепей так, каб яна ці хто яшчэ заўгодна не пабілі ці проста не здалі катоўскім уладам.

Употай, цішком, пакуль маці Сьвета дзесьці ў Копішчы на працы, Валя правяла і Льва, і Шпіка праз уваход, далей па лесьвіцы, далей у свой пакой і схавала там Шпіка ў шафу, а Льва сабе пад ложак.

Так яны ціхенька цішком ляжалі ўпотай, так яны дачакаліся вечара, так яны дачакаліся вяртаньня маці, так яны дачакаліся ночы, так яны пераночылі: Леў ляжаў на ложку[142].

Так яны правялі наступны дзень, заўважаныя, абышліся ціхім крыкам раніцою, бо маці Сьвеце трэба было ехаць на працу. Але вядома, што перад ейным вяртаньнем былі вымушаныя сысьці й прыхапіць з сабой Валю таксама і схавацца, сысьці цераз рэйкі, за Прадукты ў мясьціны не ахопленыя, туды, дзе не заўважна, туды, дзе маленькая абалонь ці маленькі стаў і за ім густая сажалка дробных, тонкіх, кшталтных дрэваў і буйных, бухматых хмызьнякоў, бо там ніхто іх не ахопіць, а калі акуратна ісьці, то ніхто і не заўважыць.

У дрэвы й хмызы Шпік, Валя і Леў сышлі, акуратна, каб іх ніхто не заўважыў і не заўважаў. У кшталтных дрэвах і бухматых хмызах засталіся неахопленымі й незаўважнымі, і там правялі апошнюю ноч, усе разам ужо і адначасова ўжо ў страху і ўжо ў заўчасна-заўсёднай роспачы перад лёсавырашальным двубоем, дзе было вядома прайграць.

Раніцою, ня еўшы, ня сраўшы, пайшлі празь дзіцячы парк дзяцёў, культуры й адпачынку, вышэй, праз закацістыя бэтонныя паркоўкі, вышэй, вышэй да плошчы пад Ізяславам і, вышэй, пад касьцёлам.

На плошчы пад Ізяславам Шпіку была назначаная бойка з катом.

Стаялі, грымелі й грукаталі тры трыбуны вакол зь людзьмі, што пачалі там зьбірацца. Людзі толькі пачалі там зьбірацца, але сярод іх ужо сядзела маці Сьвета, раніцою, у свой адзіны выходны дзень[143].

Валя ня вытрымала такога цяжару гэтага грукату. Валя сарвалася ў апошні момант да маці, мурзатая і румзатая, яна здалася да маці ў абдымкі і, можа, так крыху супакоілася.

З-пад матчынага пляча Валі цяпер было чароўна відно, адным вокам яна бачыла выканкамаўскую сцэну і на ёй бачыла сцэну наладжваньня выканкамаўскіх галосьнікаў, якія наладжвалі, імаверна, для канцэрту[144].

Шпік і Леў стаялі паміж трыбунаў у адваротным баку ад князя Ізяслава, з боку якога высунуўся кот са сваімі падпарадкаванымі.

Падпарадкаваныя запрасілі Шпіка з Львом выйсьці наперад і самі пасунуліся таксама. Так яны праз Льва забясьпечылі Шпіка належнай яму неабходнай зброяй: састрыжанымі кіпцюрамі й керамічным тазікам, які раней выкарыстоўваўся замест унітаза ў грамадзкай прыбіральні.

Шпік тое прыняў, падзячыў і пайшоў уперад насустрач.

Насустрач яму ішоў лысы кот, што вырас сваім тлустым целам за два дні немагчыма. Немагчыма зароў крэўны сын ката Грыпміна — Беларускі пан Катовіч.

Шпік упершыню ахапіўся вусьцішам. Шпіка ўпершыню ахапіў сапраўдны вусьціш, сапраўдны вусьціш, перабіты ўдарам ката па Шпікоўскай мысе, а потым катоўскім захопам гэтай мысы й канчатковым яе разьдзіраньнем.

Самыя актыўныя жыхары Заслаўя засьпявалі ў мікрахвоны.

5.

Хма-ры.

Час пакуль, час яшчэ, часу, час, калі хма-ры так склаліся, хмары, склаліся такім чынам, што хмары склаліся так, што цяпер толькі хмары адныя, адно, храмы, мары, хмары, кот; Катовіч, сонца сыходзіць, пакідае дзьверы адчыненымі, штодзённа Шпік, вісіць, Шпік вісіць, прыбіты за кашулю рукамі, я праходзіў, я прабег употай падглядзець, як Шпік, вісіць, прыбіты рукамі, над, сьляза-сьляза: кот! кот забіў, кот прыбіў да аркі, боязна-хваробна, што-што, што сказаці — што зрабіць? дзе арка, дзе арачка, што стаіць, далей-далей! коцік-коцік, дзе схаваў? Валю! кот, Валю, Валю, не, далей, далей складана бегчы, цяжкое, в-в-в, бег вяртаньнем, бег часам! час, пакуль! яшчэ часу, на, я пасьпеў перабегчы памятаю лесьвіцу прыступкамі, падложак, ложак і так далей, а так далей мой грунцік-грунт захістаўся, і, засталася абалонь: рака-вада! вада-вада! вада!

Угору? Не, далей!

Каля плошчы я выйшаў, не, каля парку я пабег, уніз-уніз-у-ніз, куды далей, туды, там, я схаваўся, я схаваўся! я вы-му-му-му, высіламі, вымусілі бегчы, куды-туды, куды, дзе, я схаваўся, дзе, дзе я дзе цяпер, дзе, Шпік, вісіць перабіты! я бачыў! вісіць прыбіты да аркі мярцьвяк, бачыў! уніз! яшчэ-яшчэ ўніз і будзе маленькая кватэра на плошчы Перамогі, дзе Якуб, адзін? ня ве-ве-ве-веля.

За паркам у дрэвах, Валя.

Валя, я там, дзе мы сядзелі ўпотай разам. Валя, я за паркам у дрэвах, сышоў глыбей, я, зь любовяй, далей, далей-далей-падалей, я ніколі-ніколі, мне, мне ўсё адно, калі мне кінуць костку — падбяру, я шчыра спрабаваў, я шчыра спрабаваў, я шчыра спрабаваў, я спрабаваў забраць Шпіка, але-але, як яго падвесілі, падвесілі-падвесілі і ды, ды зьнялі й ды кінулі ў калодзеж уніз, уніз-уніз, Валя, каб не паварочвацца, Валя, я ведаю, я чуў.

Куды закацілася сонца цяперашняга? дня другога ўжо па сканчэньні першага дня?

Я ня ве-ве-ру, я ня ве-ве-ве-ве-даю.

Калі хованка раскрыецца, і ён сам — гэта трызьня ўсё, калі, хованка, ужо будзе раскрытай, мяне возьмуць! (адразу!), разам са Шпіком, розныя катовічы-ототовічы й іхныя ка-тывічы-аты?вічы; ня пэўны.

Напеўны шоргат праз хмызы мяне спужаў.

Я пачаў баяцца штошоргату, нават у сваім наймейсцы, у сваёй, у гэтак званай, хованцы, я прашу, я, застацца мне аднаму тут, у дрэвах і хмызіках-хмызах; у бухмаце хмызоў і сярод кшталтных дрэваў.

Шпік; Шпіка!

Шпікіка, якога, забілі й далей загугнела музыка, але я зьбег: хмарная, хмаравіста-хмаравітая музыка, доўгіх хмар, — але я сышоў, белыя хмары — няважна, не, куды яны. цяпер усё адно. Шпік і мы, халодна, мы, цяпер, не, не-не, няважна, Шпіка, паразы: Шпік, якога яны забілі спрытнымі, лоўкімі, атлётнымі ўдарамі акурат у твар, а далей зьдзекаваньнем такім, душэньнем такім таксама нават душэньнем яшчэ.

Шпарамары, шпарашпік, шпар сярод дрэваў — шпар! (там я! ляжу! прыбіты! я! я!)

Як бы сказаць? Шпіка ніхто ня вешаў, ніхто не прыбіваў рукамі да аркі над яе ўваходамі: я абмыліўся, здаецца, я буду тады шчырым.

Калі мы толькі тады сарваліся ў Беларусь, усё падавалася падуладным уладзе нашай простай ідэі! — расьсьледаваньню, але, далей, бяз нас усё стала інакш! я памятаю Выгнаньне ката!

Капіталакот вынікам усіх перамог — атлёт!

Калі я жыў у Менску, я жыў зь Як?убам? у мяне няма нават мабільнага далькажыка, настолькі я сарваўся настолькі, што ня маю права яму патэліць — веру, яму ня горш; веру ён знайшоў дзе папарацу папарацаваць: ён разумны хл.

Кец, ці я буду ў гушчары для цябе: Вярніся!

За тры дні я пасьпеў некалькі разоў прабегчыся па катоўскім Заслаўі: Кафэшка, калодзеж, кот!

Я бачыў людзёў, людзёў і людзёў, што нават супрацівяцца кату. такіх людзёў мала: Шпік! Валя! я, хачу зьвярнуцца да Валі: Валя! вяртайся ў наш гушчар!

Бегаў па горадзе сёньня.

Я прабег там-сям і сям сам пабачыў Валю аднойчы — ледзь ходзіць! (цяжарная?) пэўне ж заўтра, ведаю-чуў, бо пайшла пагалоска, прыедзе кот-коцік Грыпміна, гавораць, гэта вяртаньне ката і пішуць паўсюль гэта зь вялікай літары?! чаго спрабуюць дамагчыся:

Сардэчна віншуем са значным днём Вяртаньня ката!

Са сьвятам, катавяне! — хай ганарацца ёлупы, хай сьвяткуюць гэта афэлкі!

Прыгакатовічы дурныя!: у драўляны шпар упершыню пасунулася ноч, мне падаецца, што я штосьці паблытаў, але, так ці інакш; далей.

Далей, я ведаю, далей!

Я быў юрлівым маладзёнам, гарэзьлівым Львом! і што сталася? — кот. парваны наш сьцяг добрай любові, дабра і надзеі на ўсеагульнае дабро для кожнага і, баюся ўжо паблытаць, я ведаю; як? я чуў! у парку, ля парку і асабліва ля станцыі Беларусь ідзе пагалоска: кот адгрыз сам сабе лапу, каб стаць багацейшым! але, гавораць, абмыліўся, гавораць, абмыліўся і спрэс адгрыз сам сабе тую лапку, якой мог бы кагосьці прылашчыці, таму, гавораць.

Кафэшка няўхільна ўпадзе! Гавораць.

Я чуў, гавораць, кот усё сам сабе зруйнуе, ужо баяцца, казлы, але толькі заўтра ён прыедзе, будуць лапы (3?) яму цалаваць, маліцца, я ве-ведаю, яго запросяць на галоўную плошчу, названую плошчай перамогі — вялікага забойства Шпіка, пагугуць і павядуць яго, ужо старога, нямоглага ката (я дзесьці чуў, у яго рак!) паказваць крынічны калодзеж (Валінай сьлязы!) — магілу Шпіка (скінуць?);

Шпік калісьці выпхаў ката, Шпік калісьці дзяліў са мной ляжанку ў гушчары, дзе я цяпер адзін, — ляжу і думаю, вядома ж, вядома, думаю толькі пра Валю?

Вал-ізна, валван.

Сярод неахопленага: я, наймейсца. Халодна; еў учора: скраў са сьметніцы марозіва ля крамы побач, — скраў там: марозіва плямбір.

В-вы-зі-рае часам часу з маленькага акенца былой грамадзкай прыбіральні, нашага былога доміка са Шпіком, цяперашняй Кафэшкі — я ведаю: я чуў: яны нават спадара Сьцяпана адтуль павыносілі!

Валя глядзіць гукае, волю!

Каб Валі памагчы, я веру, я дапамагу, я пабягу пакручаста, пабягу неахопленымі сьцежкамі (як?) я буду-буду, буду ратаваць. Валю?

Мае сьветлыя вусы зажамкаліся, мая грыва памялася; мае вочы — мнуцца!

Бягу! Хай! Трэба ўстаці: пагрываць, пажамкацца, павусіц-ца — потым, устаці, з хаванкі аббегчы абалонь па іншы бок і далей праз шынамантажкі й рэйкі й буду нейкім чынам. Я Валю буду ратаваць.

Месяц месяцеў пасярод: ветру? зорак? ці начы? серада — доўгі! я сам абурыўся!

Хто мне дазволіў, як, так, напі-думаць! я! вучыўся на: ф-ф-ф — хтосьці нафыркаў побач так, што я спужаўся сам і ўзьняўся з ложышча хапком. які Шпік быў добраімпэтны чалавек!

Скрозь траву, дамы і шынамантажкі.

Бягу-ўсьведамляю, там далей сядзіць адная Валя ў астро-зе; адзінае, што маю, — яе вызваліць, таму бягу стомлены й зьнямоглы ўхапіцца за сваю нейкую апошнюю надзею. як.

Шпік мне вярнуўся! у галаву.

Я памятаю Шпіка не такім важна-вялікапаважным чалаве-кам, калі я, п-п, пайшоў, п, да яго на пара-па-працу, але гэта то быў геніяльны Шпік — спадар з упэўненасьцю, але без прэтэнзіі заўсёды.

Куды далей? Праз плот імгненна!

Праз плот, далей, праз шынамантажку, далей, праз плот, далей, я бачу Кафэшку, адзінае акенца (хто там?), далей, праз рэйкі: Кафэшку ўжо зачынілі, да заўтра яна зачыне-ная для наведваньня.

Кафэшка зачыненая ўжо!

Нікога няма: усе сышлі — толькі акенца, у якое, я ведаю (я чуў?), паглядзіць Валя-Валечка-Валюшка.

Нікога няма? Я беспрацоўны!

Толькі Кафэшка, якая: зачыненая ўжо; куды: мне ніколі не пайсьці: балазе і дзякаваць за тое Богу!

Нікога няма!

Шпік змог! Шпік! гэта ўсё! Шпік! ажывіць? але ён! сумленна працаваў.

Я люблю гэты кут пад вакном! гэты кут — гэта мой кут-кут, мой куцік-кут, я яго люблю-люблю, а В-В-В?

Нікога няма. Валя ў акенца не паказалася. Я разумею, Валя. Я зразумеў, што абмыліўся.

Як бы сказаць? Валя, усе твае пачуцьці да мяне — прыдумаў я: я абмыліўся, я буду тады шчырым.

Валя-Валя, я накрыюся лапай і заўсёды буду тут.

6.

Часу-час. Часу больш няма: я запісаў.

Я прызадумаўся, я прыгадаў, потым: я прыплянаваў.

Плян: бегчы далей-падалей, далей, бегчы далей: уцякаці — ляцець падалей, бегчы па асфальце, ходніку, бардзюры — зьнікаці й не зьяўляцца: цікаці хутка, хуткаімгненна, так, каб ногі запляталіся, каб яйцы скурчыла, каб дыхавіцай задыхаць, каб стала незразумела, той я ці іншы, ці я адкуль, ці куды ці ўвогуле, каб мяне ніхто не заўважыў, каб мяне не заўважылі, каб мяне не давялося пытаць, каб не давялося яшчэ разважаць, каб я зьбег, каб мне зьбегчы.

Я апрастаўся, я асунуўся, адсунуў усе паперы са стала перад сабой, адсунуўся ад яго: трэба зьбірацца.

Трэба вылятаць, ляцець, трэба ўлятаць: там шмат смачнага наперадзе! Там мір, там свабода, роўнасьць, любоў, там можна жыць, там чароўна і добранадзейна, там магчыма і, магчыма, я ўпэўнены, там куды лепей, гэта нават і немагчыма параўнаць, я гэта дакладна ведаю.

Я яшчэ прыспыніў сябе — прыспыніўся: яшчэ хапае часу, нібыта.

Усё маё застанецца ў гэтай кватэры, у гэтай кватэры зусім не засталося Льва, я ведаю, ён зьбег і нават без далькажыка, бяз сродку мабільнай сувязі, каб са мной сувязацца, няважна, я заўсёды ведаў: ён абавязкова зьбяжыць, але пакіне кватэру (мне?) — так і адбылося.

Я ня зьдзіўлены: я не зьдзіўляюся. Я пэўны ў тым, што так мела атрымацца, але, вядома ж, непрыемна.

Трэба зважыць, добра, што Леў пакінуў кватэру, але агулам астатняе — няважна. Леў ахвотны ў сваім памкненьні камусьці дапамагчы (Шпіку?), імаверна, дзесьці камусьці дапамагае, бо Леў наймага мацнейша хуткаахвотны да ўсяго, што сабе прыдумае ці ў што паверыць.

Я прайшоў пакой столькі разоў, каб мне роўна хапіла падумаць: тры.

Варта бегчы й не спыняцца: варта ўжо выбягаць, я запакаваў вялізныя валізы.

Хопіць!

Я ўзяў: два кніжныя асобнікі (Гаргантуа, Пантагруэль і пра вадаплаўных), дзьве пары шкарпэткаў (кароткія і даўгія), адныя нагавіцы, адныя джынсы, тры кашулі (фармальную, звычайную і з кароткім рукавом), сьпінжак у стужку, майткі з дурным надпісам, лёгкую куртку і шарсьцяное паліто. Гэтага хопіць.

Я запхаў у валізу першае, што заўважыў. Штосьці яшчэ ёсьць. Штосьці яшчэ ёсьць з сабой, але варта прызадумацца: гэта ўсё?

Я прайшоўся яшчэ тры разы па пакоі: гэтага мусіла хапіць, каб прызадумацца.

Я паклаў у рот столькі хлеба, каб не заўважыць, як пражаваў. Я зьвёў усе свае думкі ў адзінае магчымае рэчышча:

Муляючы кату, я не магу заставацца тут у бясьпецы. (Гаспадар, навошта ты мне?) Хай ён і сам усё зруйнуе. Хай ён памрэ (я чуў, у яго рак!). Навошта я — яму!

Атрымліваецца: буду бегчы-бегчы-бегчы куды як мага далей, буду бегчы за мяжу! Празь лясы, празь пералескі, бярозы й сосны, іхныя пераблескі, раўніны, стэп, раўніны, балоты й так далей — празь мяжу!

І так, я сабраўся, і вось я выходжу. Плян: я пабягу адразу, адразу выбегу і ў адзін хапок дабягу да мэтро, там на цягніку даеду да вакзала, сяду там у цягнік да Гудагаю, далей я выйду пехатою.

Я бяру валізу, выключаю сьвятло: я пабег?

У мэтро: я сеў на цягнік да вакзала.

У вакзале: я трошкі пачакаў і сеў на цягнік да Гудагаю.

Электравік Менск — Гудагай: я ўмасьціўся паміж старымі-на-лецішча.

Ждановічы: мне прадалі абразок Боскай маці з малітвай на адваротным баку — мне не было чым заплаціць.

Менскае мора: мне стала невыносна душна за адсутнасьцю кандыцыянэра.

Крыжоўка: люблю.

Зялёнае.

Станцыя Беларусь: пераймальная жудасьць ахутала ўсё наўкол, страшна нават схавацца.

Ахутаны жудасьцю і прасякнуты здранцьвеньнем: я.

Не заўважыў: праехаў Баяры.

Я праехаў яшчэ Маладэчна: мінуў вялікі (катоўскі?) горад.

Я выйшаў за Маладэчнам, я выйшаў на Залесьсі. Далей ня буду так рызыкаваць, далей: абміну Смаргоні й буду рухацца па лясох паралельна чыгунцы да Гудагаю, далей, — там пяройду мяжу.

І так, я выйшаў на чыгуначнай станцыі Залесьсе і рухаюся ўглыб гушчару. У мяне ёсьць мапа, і ў мяне ёсьць усе неабходныя дакуманты — я абавязкова дойду да мяжы, і я дакладна яе пяройду!

Калі мяне не нагоніць лысы кот! Ён ведае, што я ўцякаю, я ведаю. Я пільна сачыў, каб у маім цягніку не было вагона-Кафэшкі ці звычайных Кафэшкавых зазывалаў, якіх прыдумаў я, але няважна, неістотна, неістотна — усё адно ўсе наўкол ягоныя людзі.

Наўкол ягоныя людзі, і яны мяне ўсе ведаюць у твар. Таму я сышоў у лес гушчаром і таму цяпер я там абмінаў Смаргоні.

Я іду ў кедах, крочу кедамі па залесенай пустэчы, па абнесенай дрэвамі зямлі, па гушчарным і перанасычаным, я пахутчаюся, я бягу ад?

Я бягу адда ўжо так, што калені перакручваюцца, што ногі блытаюцца, што пяткі спатыкаюцца, я ўцякаю, пакуль кожнае дрэва мне ня будзе пагражаць не сваёй-сваёй пагрозай: мімабегам я азіраюся, зазіраю ва ўсе дуплы дрэваў, што магу.

Птушка (якая?), якая ляціць мне ў чэрап з правага боку: зьбіла. Але я ня буду падаць, я толькі троху бяру ўлева, а яшчэ аддаляюся ад тых Смаргоняў пакрысе. Уцякаю падалей.

Мая мэта: аббегчы наступныя тры дубы, што будуць далей шчыльна стаяць разам, што будуць не пускаці мяне далей; не ўступіці ў хібны кветнік, які з кветкамі; не патрапіць ва ўгразьлівую пастку мясцовых балот.

Дзе мог заблытацца, ужо заблытаўся — Кот. Такія забіваюць дзеля ўлады тых, хто дапамог такім ідэйна: мяне. Ён сёньня ў Заслаўі: я бачыў: ён побач: бегчы далей.

Дубы саслупіліся мне на шляху: мае косткі храбусьцяць, мае далоні крывяць, я ступаю ў кветнік, я трапляю ў балоты: туды й туды па назе. Як мне бегчы далей?

Мяне насягае вецер, ён узносіць мяне троху, ён мне дазваляе выбрацца, дапамагае абмінуць усе дубы й просіць паскорыцца і пахутчае.

Лес далей закідаў бутэлькамі мой шлях. Я складана ледзь прадзіраюся скрозь разам з заплечнікам, пакрывелымі далонямі, храбусьцючымі косткамі.

Бутэлькі храбусьцяць ці спатыкаюць мне ногі й дзяруць аскепкамі скуру і далей цягліцы. Мае пяткі крывяць, пакрываюцца крывёй коркамі: калі далей немагчыма, я спрабую не здавацца.

Мая мяжа набліжаецца, паралельна рэйкам я неўзабаве буду ўжо ля Ашмянаў: іх таксама варта аббегчы, але, згодна з мапай, па іншым баку.

Я ня буду цяпер яшчэ набліжацца, я зараз перабягу рэйкі й далей прасунуся паміж Кракоўкай і Жупранамі. Спадзяюся, там ён не нацягнуў адмысловую сетку для мяне з мэтай перахапіць ці захапіць.

Мне падаецца, я сябраваў з катом, пакуль ён не адгрыз сабе левую лапку. А цяпер я мушу акуратна перабягаці рэйкі: так, каб зь цягнікоў мяне не заўважылі. Сонца сыходзіць — будзе лягчэй.

Я разагнаўся, я пераскокваю адныя рэйкі, я пераскокваю другія рэйкі. Я разагнаўся так, каб пераскокнуць роўна столькі рэйкаў, колькі трэба, і ўпасьці ў лес.

Далей я бягу ўжо з палёгкай, мурзаты: не заўважылі. За Ашмянамі — Гудагай.

Мяне ўздымае вецер, ён мяне нясе скрозь дубы. За аднымі дубамі — іншыя: мне ўжо ня страшна. Бутэлькі ніколі ня скончацца, але я лячу з палёгкай, бо Гудагай — гэта вёска на сорак чалавек, якая ня мае Кафэшкі?

Няма Кафэшкі, я дабег да Гудагая, далей, я ўжо на мяжы пехатою.

На мяжы: спадзяюся, не пра Ката мяне спытаюць.

Памежнік запытаўся: пра мой выгляд.

Характар майго адказу: фармальны, звычайны, кароткі.

Памежнік аклапаціўся: пра маю візу.

Характар клопату: выхаваны, фармальны, незьмястоўны.

ІРЖАВЫЯ ДНІ

1.

Краіна:

Якая: дзіўная;

Дзіўная: людзі рыюць зямлю, каб наладзіць побытавую ка-
мунікацыю[145];

Зямля: парытая[146].

Парадкі: мне не зразумелыя!

Маленькі горад — няважна — шмат людзёў, што пад зям-
лёй[147].

Тут я замацуюся: зарасту сям'ёй?[148]

Глядзець: высока; вышыня: з вышыні; статус.

Спрабаваць: таемна; употай; патаемна; адвязаць; сябе.

Тэмы для складанага абмеркаваньня: партнэрства, праца, памяшканьні[149].

Я[150].

PLZEŇ PŘEDMĚSTÍ

Далей[152].

2.

Далей толькі йржа?[153]

Нават куток для мяне самога[154]

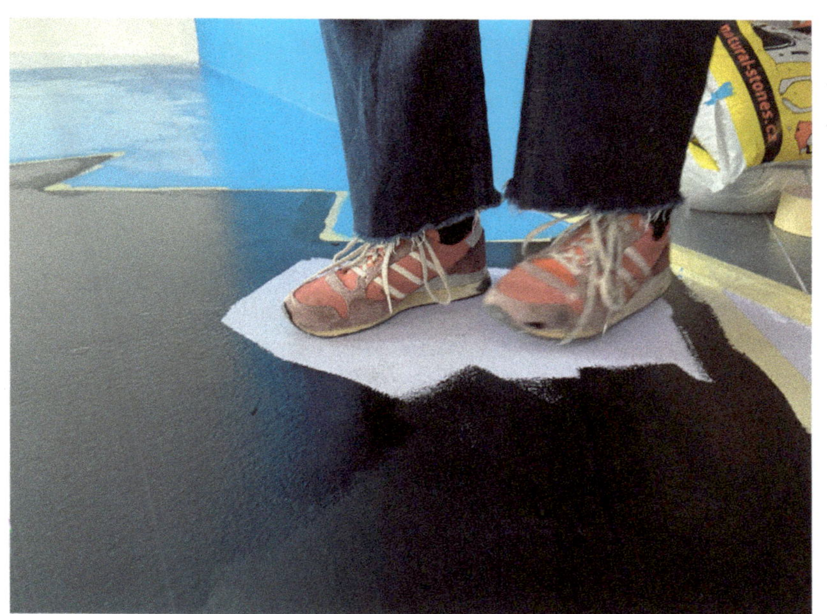

Толькі вобраз, вонкавасьць — выгляд[155]

Вецер — іржавы, я шукаю, я адчуваю сам[156]

Гаспадар краіны, навошта ты быў мне? Навошта я быў табе?[157]

Цяпер[158]

172

Зьбірацца?[160]

Камэнтары й Папраўкі

1. У незалежнасьці ад абставінаў.

2. Хмары.

3. І гэтак далей тут значыць, што пасьля ўваходу, то-бок пась-
ля таго моманту, калі ён уваходзіў у паўднёва-мужчынскі,
усходні ўваход, ён пачынаў унутры[a] прыбірацца, то-бок аб-
мываць падлогу ды два ўнітазы, адзін пісуар і мыйнік. Ча-
сам зьмяняць паперу.

    a. Там, у мужчынскай прыбіральні.

4. То-бок звыкла кот зазіраў у вочы спадару Міхалу Сьцяпану
прыкладна ўдвая радзей, чым зьяўляўся ў прыбіральні, але
зазіраў ён усё часьцей, калі зьяўляўся, і зьяўляўся ўсё чась-
цей.

5. Менавіта ў той, што ля станцыі Беларусь і зь дзьвярыма на
паўночны захад. Тут вельмі важнае ўдакладненьне, бо ён,
спадар Міхал Сьцяпан, так ці інакш мог быць, прысутнічаць,
зьяўляцца ў некаторых іншых жаночых прыбіральнях, пра
якія нам невядома, цягам свайго жыцьця.

6. Жаночы пол.

7. І ня толькі ў гэтым пытаньні, бо ўласна сам спадар Міхал
Сьцяпан быў чалавекам прынцыпова кансэрватыўным цал-
кам.

8. Тут варта зазначыць, што спадар Міхал Сьцяпан ніколі не лі-
чыў выпаленыя цыгарэты, зрэдчас лічыў выпаленыя пачкі
цягам таго ці іншага тэрміну, бо набываў цыгарэты блёкамі.

9. ?

10. Сікае, дакладна.

11. То-бок тая самая жанчына.

12. Гэтак далей і гэтак далей.

13. Вядома, гэтая цыгарэта была дванаццатай толькі пры ўмо-
ве, што папярэдняя была адзінаццатай, у чым ёсьць пэўны
сумнёў.

14. Спадарыня Верка Верас была троху касавурай, але прынамсі адное ейнае вока глядзела дакладна ў вочы спадара Міхала Сьцяпана.

15. Хутчэй, яна проста вельмі злавалася на сябе.

16. Глядзі КйП 12.

17. То-бок на другі дзень знаёмства са спадаром Міхалам Сьцяпанам.

18. ?

19. Дакладная схема:

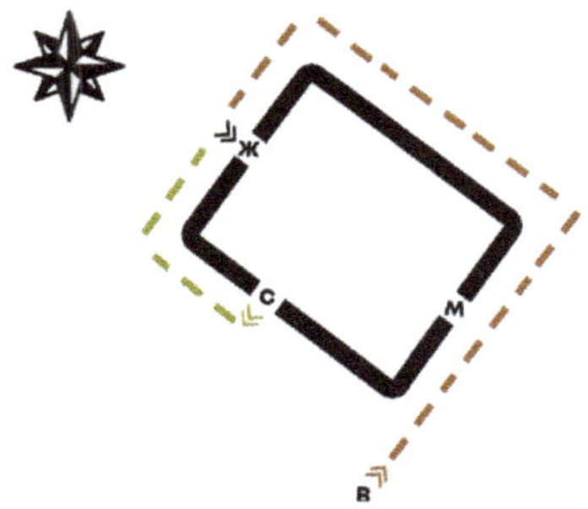

20. Спадар Міхал Сьцяпан стаяў такі, бы схоплены за гідкай дзіцячай забавай. Такой, напрыклад, як, напрыклад, запрэжка хатняга ката хамутамі з папругаў у сані ці, напрыклад, падаваньне катам кацінай мяты, падпальваньне ім хвастоў і гэтак далей.

21. Так, напрыклад, бацька кладзе руку сыну ў спробе ўдацца раўнавартасна яму аднолькавым.

22. Наступным днём за другім, то-бок на трэці дзень знаёмства са спадаром Міхалам Сьцяпанам.

23. Не хацела зважыць.

24. Не хацела прыняць.

25. Сьпісам:

   1. Спадарыня Верка Верас хацела, каб спадар Міхал Сьця-
      пан даверыўся.
   2. Спадарыня Верка Верас хацела, каб спадар Міхал Сьця-
      пан упэўніўся.
   3. Спадарыня Верка Верас хацела, каб спадар Міхал Сьця-
      пан расчуліўся.
   4. Спадарыня Верка Верас хацела, каб спадар Міхал Сьця-
      пан закахаўся.
   5. Спадарыня Верка Верас хацела, каб спадар Міхал Сьця-
      пан падзяліўся.

26. Неістотна.

27. Неістотна.

28. Ежа ўся:

   1. тосты;
   2. масла;
   3. яечня;
   4. кіўбаса.

29. Спадар Якуб нідзе не працаваў, бо быў бедным, таму ён ні-
    куды не ўставаў, не заводзіў будзільнікаў, прачынаўся ўлас-
    на сам і толькі па сваёй уласнай волі.

30. Спадар Леў еў адзін раз на дзень і толькі раніцою, калі пра-
    чынаўся. Калі яму заставалася гадзінка да працы. І калі ця-
    пер спадар Леў сядзіць адзін на мяккім крэсьле, ён больш ня
    ўзгадвае, ня хоча ўзгадваць, але, калі ён адзін, яму адному
    сядзець самому складаней стала сядзець яму цяпер, цяпер
    сядзець самотна на мякенькім засталося яшчэ троху пасяд-
    зець.

31. Спадар Якуб, як і заўсёды, прачнуўся выключна сам-сам, вы-
    ключненька па сваёй волі.

32. Спадар Леў праз сваю заўсёдную занятасьць і праз сваю за-
    ўсёдна-неадкладную працу заўсёды пхаў ежу сабе ў рот ад-
    ным рухам, разяўліваючы вялізную пашчу напоўніцу.

33. Спадар Якуб выйшаў на кухню, зусім худым. Ён быў такім бедным, што ён аблез і абдрапаўся, схуднеў з галечы, схуднеўся худнейшым, чым быў, калі калісьці ў дзяцінстве быў худым.

34. Спадар Леў паліў чатыры разы на дзень: двойчы за сьняданак, адзін раз покі ехаў на працу, адзін раз покі ехаў з працы. На працы не паліў. Але так атрымлівалася толькі ў дні звычайныя, такія дні, калі ён вяртаўся з хаты дамоў паспаць, тады ён прачынаўся і сьнедаў адзін і паліў цыгарэты, але гэтым разам зайшоў спадар Якуб, які прачнуўся раней, чым звычайна, таму цяпер спадар Леў думаў, як добра было б пасядзець асобна, зусім аднаму, самому на мякенькім пасядзець.

35. Спадар Якуб еў няшмат, але шмат разоў на дзень, толькі тады, калі штосьці ад кагосьці, напрыклад, ад спадара Льва, заставалася. І гэта яму давалі.

36. Спадар Леў моцна ўжо задзяўбаўся жыць з гэтым беспрацоўным, нікому не патрэбным, голым, звар'яцелым, беспрацоўным, бедным, дурнем, нахабным, нахабным сябруком, таму часам сыходзіў на працу раней.

37. Спадар Якуб быў такім, што перакладаў запалкі са старых, скамечаных і абдрапаных пушкаў з абдрапанай, аблезлай скуркай у новыя пушкі, пакуль тыя не станавіліся старымі й абдрапанымі, і скурка на іх не станавілася аблезлай і абдрапанай, а калі станавіліся гэтыя пушкі старымі, то трэба было набываць новыя[a], перакладаць туды запалкі са старых, абдрапаных пушкаў, сумешваць з новымі запалкамі і карыстацца імі так, пакуль новыя пушкі ня стануць старымі й не давядзецца набываць новыя. Імі спадар Якуб падпальваў танныя цыгарэты з клеем, смалой, тытунем, паперай, якія паліў, паліў роўна дзесяць разоў на дзень, на дзень па дзесяць цыгарэтаў, бо так пачку хапала роўна на два дні, атрымлівалася пятнаццаць пачкаў на месяц, калі ў месяцы трыццаць дзён, а калі не, то што рабіць са студзенем, лютым,

сакавіком, траўнем, ліпенем, жніўнем, кастрычнікам і сьнежнем — ён яшчэ ня ведаў.

    a.   Сярэдні кошт пушкі запалкаў — 7 капейкаў. Але найтаньнейшыя каштуюць прыкладна 4 беларускія капейкі.

38. Спадар Леў з ахвотай падыходзіў да працы, бо яна прыносіла яму грошы. Працу ён не любіў, але любіў працаваць.

39. Спадар Якуб пайшоў рыхтавацца да новага дня бессэнсоўных бадзяньняў па вуліцах места.

40. Далей ён мае ператварыцца ў муху.

41. Спадар Стрпр ішоў у слынную грамадзкую прыбіральню каля чыгуначнай станцыі Беларусь.

42. Каля чыгуначнай станцыі.

43. Яго гэта не цікавіла.

44. І нічога ня бачыў, абы яму дайсьці толькі.

45. Што значыць ён наваліўся на дзьверы сваім агідным целам агромніста-велічэзных памераў.

46. Хутчэй за ўсё, спадар Стрпр тады наўмысна сам пазбавіўся носа, каб не адчуваць таго водару нямытай прыбіральні: спадар Стрпр адкруціў свой нос самастойна і праз жудасны смурод прыбіральні, у якой не прыбіралі зусім. Гэты факт падмацоўвае таксама дурасьць носа апасьля лезьці ў машыну, якая імітуе ўнітазную машыну, нібыта на твары паважанага Стрпра яму было горш, смуродней, невыносьней і гэтак далей, што, вядома, бздура.

47. Тут, сумнёўна.

48. Тут, сумнёўна.

49. Тут, без сумнёваў.

50. На апошні больш за ўсё веры.

51. Спадар Шпік уважаў рацыянальнымі выхады выключна праз вокны і не любіў таксама ўваходзіць празь дзьверы, але часьцяком даводзілася.

52. **Гаспакіраўнік** — тэрмін, уведзены ва ўжытак гаспакіраўніком Шпіком на пачатку ягонай прафэсійнай дзейнасьці; азначае асаблівы, гісторыка-культурна складзены кшталт ягонага становішча ў адносінах са спадаром Львом; антонім — **прыгапрацаўнік**.

53. Спадар Шпік ня быў пэўны ў тым, дзе знаходзіцца тое, куды трэба, і ня ведаў дакладна, ці тое мейсца існуе, але быў найпэўным у тым, што туды дакладна трэба.

54. Пад сталом.

55. Засьпеў такі момант.

56. На тое больш за ўсё веры, бо менавіта зь яго ён пазьней сыдзе на менскім вакзале.

57. Хутчэй за ўсё, тое ўсё пра Льва.

58. Далей — Выгнаньне Ката.

59. То-бок, гаворка маецца пра паўднёва-мужчынскі ўваход зь дзьвярамі на ўсход ад прыбіральні.

60. На спадара Шпіка працаваў толькі спадар Леў, але спадар геніяльны Шпік здагадваўся, што спадар Леў не адзіны магчымы прыгапрацаўнік.

61. Насамрэч ён атрымаў 3 капейкі, іх яму выдалі дзьвюма манэткамі: коштам у 2 капейкі й у 1 капейку.

62. Відаць, ва ўнутраную кішэню.

63. Для гэтага Якуб стаў на мыскі, высунуў галаву наперад, выцягнуў увесь твар як мага далей, закінуў галаву і адтуль паглядзеў на ката.

64. Тут Якуб схлусіў. Вядома, ён мог скрадаць адтуль віно толькі па нядзелях.

65. Тут Якуб памыліўся. Вядома, яму трэба гаварыць: "ва ўну-
траную кішэню".

66. Найраптоўная прапанова лысага ката Грыпміна. Хутчэй за
ўсё:

   1. Лысы кот Грыпміна паглядзеў на канкурэнтаў;
   2. Лысы кот Грыпміна хацеў есьці ў азначаны момант іх-
      нае стрэчы;
   3. Лысы кот Грыпміна меўся пэўным, што такім чынам ён
      неяк стане багацей.

67. Згадзіўся, бо адчуваў істотную сродкавую нястачу грошай
у сябе.

68. То-бок некалькі[a] вінных бутэлькаў.

   a. То-бок выпілі недзе пяць-шэсьць вінных бутэлькаў на дваіх,
      то-бок дзьве з паловай — тры бутэлькі на чалавека і дзьве з па-
      ловай — тры бутэлькі на ката, але, хутчэй за ўсё, кот выпіў ча-
      тыры бутэлькі, бо ён, моцна растлусьцелы пухнаценькі кот,
      пасьля чатырох бутэлькаў пачуваўся звыкла нармалёва, а вось
      калі б Якубу, кашчаваму шкілету, давялося выпіць прынамсі
      дзьве бутэлькі, то яму было б жудасна кепска, а так ён пачуваў-
      ся добра, нармалёва падпітым і нават знаходзіўся ў працоўным
      гуморы, таму, хутчэй за ўсё, яны выпілі пяць бутэлькаў віна на
      дваіх: чатыры выпіў Грыпміна, а адную выпіў Якуб.

69. То-бок прыкладна сорак дзевяць скрыняў з бутэлькамі віна
па шэсьць бутэлькаў віна ў кожнай, то-бок пакінулі прыклад-
на дзьвесьце дзевяноста чатыры вінныя бутэлькі віна.

70. Калі можна так сказаць.

71. Імаверна, гэта было нейкае файнае чытво. Магчыма, нават
даволі клясычнае, але выдадзенае па-нова-ноўску ў танным
фармаце, дапусьцім, гэта быў Рабле.

72. Уявім, што можна так сказаць.

73. Варта ўдакладніць, што лапкі Грыпміна, як і ягонае цела
цалкам, былі пухнатыя толькі ўнутры, то-бок звонку яны
былі лысыя, таму што ягоная шэрстка расла ва ўнутар.

74. Верас? Спадар Якуб ня ведаў.

75. За выняткам ейных вельмі рэдкіх хваробных выходных, якія былі вельмі рэдкімі праз тое, што Сьветачцы за іх не плацілі.

76. На працу.

77. Рэспубліцы Беларусь.

78. Магчыма, такія зьмены звычкаў абумоўленыя сьмерцю спадара Міхала Сьцяпана.

79. Роўна 3 разы на тыдзень.

80. Сьвета не была ў тым асабліва асьвечанай.

81. На ўласную думку Сьветы.

82. Вераемна, летнім.

83. Камэнтары й папраўкі для гэтага разьдзелу (84–91) былі напісаныя Настасьсяй Бароўскай падчас літаратурнай экспэдыцыі ў горад Заслаўе і будуць далей такімі названыя:

Камэнтары, напісаныя Настасьсяй Бароўскай падчас літаратурнай экспэдыцыі ў горад Заслаўе, 16.03.2023

84. На вуліцы Зялёнай плот зялёны й грузавы цягнік зялёны але астатняе пакуль зусім не зялёнае. Хлопчыкі ў чорным ідуць насустрач але праходзяць міма дому нумар 23 дзе 2 мокрыя ручнікі адное акно залітае бэтонам аблезлае дрэва дошкі цьвіль і на браме адзін цень які піша. Найбольш абнадзейвае тут — маленькая лужына на ўчастку і лесьвіца не на страху але ў неба.

85. Вострае, даўгое, мёртвае. Раптам з-за павароту ровар а на ровары чалавек хмурны й стары магчыма працаўнік чагосьці за вострым, даўгім і мёртвым. Машына потым другая затым трэцяя здавалася адкуль тут столькі машынаў але можа быць важна што ўсе яны грозныя, чорныя, старыя.

86. Даўгі піск пад яго маршыруюць 4 мужчыны 1 сабака 2 пачкі чыпсаў і 5 бутэлькаў піва. Даўгі піск пад яго нікога. Даўгі піск едзе грузавы і пад яго нікога бо на грузавых цягніках

да Менску пасажыры ня езьдзяць. Піск скончыўся. Зьменай прыйшлі скокі дзяўчынкі ў тонкіх калготках.

87. Раз-два-бы-па-гадзіньніку выходзяць людзі з крамы, а зьлева з электравіка. Маці трымае дзіця за руку і другое другой рукой. Зь Менску. Каля крамы дзяўчынка ў тонкіх калготках есьць сухары й ня можа дачакацца на аўтобус бо на прыпынку ля крамы аўтобусы здаецца больш ня ходзяць прынамсі за час пакуль раз-два-бы-па-гадзіньніку выходзяць людзі не было ніводнага.

88. Пакуль па небе пралятае кукурузьнік унізе абы-як залітая плошча ямамі вядзе да трох значных уваходаў: электратавары, разОдзенься, wildberries. Апошні ўваход абіраюць найчасьцей. Пакуль па небе яшчэ ляціць кукурузьнік унізе абы-як залітая плошча ямамі вядзе да таксі без пасажыра якое строга замінае электрасамакатчыку. Зь Менску.

89. Касьцёл Раства Панны Марыі па адрасе Рынкавая, 1. Рынкавая вуліца пэрпэндыкулярная Савецкай. Дом побыту — музэй — выканкам на вуліцы, цуд, Вялікай. Адліга, мокра, сонца яшчэ лезе на касьцёл па адрасе Рынкавая, 1. На вуліцы Рынкавай напраўду калісьці быў рынак.

90. На маленькім мосьце павольны стары з сабакам і яшчэ адзін брэша з дому непадалёк таму што тры чужыя чалавекі а сабак нават маленькіх вучаць брахаць на чужых. Хлопец і дзяўчына махаюць трэцяй крычаць і той крык рэхам ляціць да малога моста па дарозе і далей і далей але не гучней не гучней. Машына.

91. Калі Рагнеда плакала яна пэўна ж ня ведала што ейныя сьлёзы будуць цячы з драўлянай кабіны з залатым купалам у ручай а па ручаі будуць плыць качары бяз качак толькі качары нікуды й не за чым. Сонца сядае. У ручаі вялікі жоўты дом. —Усё!

92. Камэнтары й папраўкі для гэтага разьдзелу (93–100) былі напісаныя Настасьсяй Бароўскай падчас літаратурнай экспэдыцыі ў горад Менск і будуць далей такімі названыя:

93. Калі вельмі чорна то здаецца што ўнутры пуста але на самай справе пуста ня ў чорным а ў шэрым які цягнецца даўгой ракой з калючага дроту старых людзёў і пустаты пустэчы. Крок улева — сьвятло. Крок управа — сьвятло. На мейсцы — мокра.

94. Паміж чымсьці пра грошы й чымсьці пра вялікіх і ратуючых стаіць няўклюднае такіх самых няўклюдных кветак. Надпіс "Фіта кіёск" на ўваходзе напэўна нядаўні й дакладна неабдуманы бо людзёў што тут праходзяць у "Фіта кіёску" прывабіць можа толькі кіёск.

95. Віно набываюць для шчасьця і гора. У даўгой нізкай краме насупраць віна магчыма няма за тое ёсьць чарнілы такія ж чырвоныя як і віно і страшныя наступствы дотыку часу да завода даўно ўжо не віна — выпіць бы.

96. Камэры сачэньня на гістарычным помніку дваццатага стагодзьдзя памнажаюцца па паверхні і глядзяць нахабнымі пукатымі вачыма каб ніхто не падышоў да гадзіньнікаў што яны абараняюць і не перавёў стрэлку што спынілася на 20 да 21.

97. У буянай шэрай ракі на Казлова безьліч плыняў: управа, улева, управа, улева, уперад, назад і уздоўж трамвая. Рыбы ў гэтай рацэ як у вялікім басэйне супэрмаркета. Жыві, ясі бруд, скачы ў пакунак, боўтайся, задыхайся, яшчэ вільготны, але ўжо не жывы.

98. Здаецца, тут ціха і часта паміраюць. Два мужчыны ажыўлена гутараць і навыперадкі паціскаюць плячыма. Альбо, падобна на тое, ужо зусім ня важна, нолькі кроплі буйныя, суседзі жывыя і цагляныя фасады ванітоўна-жоўтыя.

99. Па горцы плаўна на мысках уверх. Удалечыні пакуль голыя дрэвы й ужо ня цацачныя дамы а праваруч ад іх штосьці ніколі ня цацачнае. Маленькія павольныя людзі ідуць насустрач, і ніхто зусім ніхто вышэй, уверх. Ніхто ўверх вышэй уверх зусім ніхто ўверх.

100. Тое-што-адбываецца на Мар'еўскай, 7А невядома, нераспазнана і агледзеўшы кожнае яго ад пышнай елкі да дзіркі ў плоце чырвонае квадратнае працягвае абрастаць вызначэньнямі: склад, прыбіральня, склад. Кідком да зямлі ляціць недапаленая цыгарэта і хуткасьцю тушэньня шэпча: у нас усё яшчэ мокра.

101. Глядзі КйП 1.

102. Геніяльнаму Шпіку працы не бракавала, бо ён чалавек добра адукаваны.

103. Зьбегліся доўгія і белыя хмары.

104. То-бок пытаньне пра забойства слыннага прыбіральніка вольнаграмадзкай прыбіральні ў горадзе Заслаўі, то-бок пытаньне пра забойства спадара Міхала Сьцяпана, не ўздымалася ва ўсялякіх публічных абмеркаваньнях і перанеслася ў катэгорыю пытаньняў прыватных ці, лепей сказаць, стала тэмай для маўчаньня.

105. Тут варта заўважыць, што спадар Шпік нават не задумляўся пра тое, каб лічыць свае цыгары.

106. Немаўля-маўля-чалавек.

107. ?

108. Тут, усё адразу агулам.

109. [Самлела]

110. [Хлусьліва]

111. [Запыхаўся]

112. [Паступова набіраўся пэўнасьці]

113. [Ледзь не крычэў]

114. Ад дзьвярнога вушка.

115. Салодкага?

116. Варта заўважыць, што яна толькі ўмоўна тая.

117. Варта заўважыць, што яна толькі ўмоўна тая ўмоўная.

118. Напрыклад, шпікоўскага стала.

119. Пры ўмове выкананьня двух наступных чыньнікаў:

1. Умоўная муха будзе здаровай;
2. Умоўная муха не ўзьляціць, як гэта робяць амаль усе здаровыя мухі.

120. Бо гэта аднае толькі: ледзь ня дохлая муха.

121. Пагатоў палова на першую гадзіну непасрэдна была ўжо наяўнай на той момант.

122. Шпік падумаў: халера з гэтай мухай.

123. Напластаваньне гэтых словаў магло б выглядаць так: чулальным, чульным альбо краналым. Раней і далей: паўсюль, — але не цяпер.

124. Ва ўнутраную, безумоўна, кішэню.

125. Ці, прынамсі, выгляд гэтай прысутнасьці ці адсутнасьці.

126. Апрача свайго бацькі, вядома.

127. Напрыклад, былі праблемы зь якасьцю ежы, памяшканьняў і сэрвісу.

128. Бо ўсе людзі так ці інакш у гэтыя Кафэшкі хадзілі ці былі вымушаныя хадзіць.

129. Гэта няпраўда.

130. Найагіднейшы.

131. Найагіднейшую.

132. Найагіднейшы.

133. Кіцяткаў матухна носіць усяго два месяцы, а растуць яны вельмі-вельмі хутка, пагатоў Каты-Катовічы.

134. Уявіце гэты мост вялікім і залезным.

135. Уявіце гэтыя кветкі ў парку Жылібера на зрыве над берагам ракі.

136. Можаце ўявіць, напрыклад, вёску Гаёўку ці вёску Калядкавічы, калі заўгодна — тое ж, неістотна.

137. Спадарыня Верка Верас вельмі моцна трымаецца за свае адбіткі, за сябе ў мейсцах і людзях.

138. Яна і Валя засталіся ляжаць.

139. І так раней быў прыбіральнік грамадзкай прыбіральні спадар Міхал Сьцяпан. Затым была наведвальніца ягонай прыбіральні — вандроўніца спадарыня Верка Верас, якая засьпела ягоную сьмерць, ягонае самагубзтва ці ягонае забойства, усяляк, пры невядомых абставінах, але пры вядомым выключным чыньніку — каце Грыпміна, у якога шэрстка расла ва ўнутар і, апрача таго, меліся дырэктыўна-кіраўніцкія схільнасьці.

Кот Грыпміна кіраваў усёй дзейнасьцю спадара Міхала Сьцяпана ў заслаўскай прыбіральні, але па ягонай сьмерці быў выкінуты ў Менск вялікай нагой спадара Геніяльнага Шпіка[a].

Спадар Геніяльны Шпік са сваім дапамочнікам Львом быў запрошаны[b] ў Заслаўе расьсьледаваць забойства[c] спадара Міхала Сьцяпана, але за адсутнасьцю посьпеху ў прасоўваньні сьледзтва і, болей, за адсутнасьцю ўладальніка грамадзкай прыбіральні застаўся жыць у Заслаўі, а менавіта ў грамадзкай прыбіральні, і стаў паважным чалавекам праз сваю шчырасьць і праз свой імпэт.

Апрача таго, таксама там была дзяўчынка Валя, на якую заўсёды крычала ейная маці — спадарыня Сьвета. Валя ў адказ крычала на свае боты. Быў у Валі нават і айчым таксама, быў спадар Стрпр, які яе гвалтаваў наватаксама. Але спадар Стрпр раптам ператварыўся ў муху. Валя ненавідзела спадара Стрпра[d], Валя не любіла Шпіка[e], Валя не хацела любіць маці[f].

Пасьля Выгнаньня ката выгнаны кот Грыпміна, якога выкінулі з Заслаўя, адкрыў вінны шапічак у Менску, які неўзабаве перарабіў у шаўрмарню, якую назваў Кафэшка. Такое перарабленьне шапіка ў Кафэшку адбылося дзякуючы спадару Якубу, які аднойчы ў вінным шапіку паблізу Камароўкі запхаў пад пахі вінную бутэльку. Сама сутнасьць такога ўчынку палягала ў істотнай нястачы грошай: Якуб жыў у кватэры Льва, часам з Львом, за конт якога збольшага ўтрымліваўся, але амаль ніякіх істотных прыбыткаў уласна сам ня меў. Гэта ўсё не замінала Якубу быць амбітным, імпэтным і дасьціпным маладзёнам.

Вынікам усіх зьменаў сталася такое, што Кафэшка стала буйной сеткай шаўрмарняў і ўзьняла ката Грыпміна ў вышыню ўсіх магчымых лесьвіцаў. Ён разьеўся і разжэрся, і займеў невераемную колькасьць дзяцёў амаль ад усіх жанчынаў Беларусі. Такіх дзяцёў — Катовічаў — выкарыстоўваў для ўздыманьня сябе і Кафэшкі ўгару ўсялякага наўкол. Яны надзвычай хутка расьлі й мелі надзвычайную волю да ўлады. Вядома таксама, што сваіх дзяцёў, якія не расьлі надзвычай хутка ці ня мелі надзвычайнай волі да ўлады, кот Грыпміна, іхны ўласны бацька, жэр, што прыходзілася да жалю іхных мацярэй, да выкліканьня ў іхных мацярэй страху, абурэньня і памкненьня дасылаць сваіх дзяцёў куды падалей уздымаць Кафэшкі па краіне, нават у найаддаленыя ейныя кавалкі, што давяло да вельмі хуткага пашырэньня вядомай, той, харчовай сеткі — Кафэшкі.

Такім чынам, кот Грыпміна стаў вельмі тлустым і вельмі ўплывовым катом. Ягоны бізнэс быў даведзены да абсалютна чыстага аўтаматызму і дзейнічаў настолькі аўтаматычна, што мог бы працаваць на ката да скону. Але кот Грыпміна меў вядомае жаданьне валадарыць, уплываць і помсьціць і ў асаблівасьці помсьціць усім датычным да той Заслаўскай прыбіральні, зь якой яго выгналі раней. Загэтым ён адшукаў спадарыню Верку Верас, якая і без таго шукала яго пэўны час, зачараваная ягоным магчымым позіркам і магчымасьцямі гэтага позірку.

Па тым, як кот Грыпміна знайшоў спадарыню Верку Верас, ён зачараваў яе сваім позіркам і ягонымі магчымасьцямі[g], ацяжарыў яе, адзяцініў і позіркам прымусіў адвезьці дзіцё да Шпіка ў грамадзкую прыбіральню, каб схаваць яго там. Што спадарыня Верка Верас зрабіла. Але ня вытрымала высокага цяжару свайго агіднага ўчынку, на адлегласьці ад ката Грыпміна адразу засілілася дзесьці побач з прыбіральняй, як толькі адышла. Меркавана на бессэнсоўнай раней арцы, але ўдакладняць падрабязы надалей было немагчыма — Геніяльны Шпік займеў праблему.

Праз колькі часу, менш за месяц, Беларускі пан Катовіч прарос і выпхаў Шпіка з Львом на вуліцу, адкрыў Кафэшку і пачаў падпарадкоўваць сабе ўвесь горад, улічваючы Валю і ейную маці Сьвету.

На ўсё агулам сышоў год.

a. Падзея, вядомая як Выгнаньне ката.
b. Абставіны такога запрашэньня спрэс сумнёўныя.
c. Абставіны — сумнёўныя.
d. Не любіла яго, бо наватаксама.
e. Нават яго таксама, бо ён заняў грамадзкую прыбіральню.
f. Нават яе таксама, бо наватаксама, а таксама праз шэраг іншых учынкаў.
g. Гэтыя магчымасьці ўплыву позірку былі недаацэненымі спадарыняй Веркай Верас раней.

140. Беларускага пана Катовіча.

141. Сумнёўна. Магчыма, яна пра гэта згадала з прагматычнай мэты атрымаць дапамогу ад Шпіка, напрыклад.

142.

143. Спадарыні Сьвеце было дорага атрымаць такі выходны, але яна мелася пэўнай у Катоўскай перамозе, далейшым вяртаньні дачкі й шчасьлівай будучыні ў Катоўскім сьвеце.

144. Выканкамаўскія галосьнікі наладжвалі ў гонар сьвята адкрыцьця Кафэшкі.

145. Гэта ўважаецца скрайне небясьпечнай працай, праз што так-
сама паважанай.

146. Зямлю рыюць рукамі: зарываюцца ў яе спачатку галавой на-
перад і далей прасоўваюць сябе рукамі з мэтай наладзіць ка-
мунікацыі.

147. Насоўваюць на сябе тросы з мэтай захаваць бясьпеку[a].

    a.   Тросы ўказваюць на статус — іх ніколі не здымаюць.

148. Дзеткі адно толькі практыкуюцца камунікаваць.

149. Людзі зьбіраюцца абмеркаваць.

150. Самотны й без вады, таксама на чужой сьцязе, адасоблены ад
усіх, верыць, што ўсё адно так лепей.

151. У выпадку веры кожнага напоўняць — зальюць такое, якое
абавязкова прарасьце: жыць і верыць.

152. Рады людзям, што могуць адарваць ці адарвацца — іх чакае
шчасьлівае жыцьцё — і ён такі!

153. Удае, калі я гляджу на неба.

154. Дзе ногі таксама. Маё сэрца шукае.

155. За люстрай. У чужым адбітку.

156. Я хачу дамоў.

157. Мне ўдаецца гэта ўсё неістотным.

158. Што засталося?

159. Яшчэ?

160. Толькі далей!

Выхад

Усё ўнутры знойдзена ўсё: выхад.

Выхад праз залезныя дзьверы навонкі. Выхад вонкі навонкі, дзе нават можа таксама, дзе можама і гэтак, дзе можа і далей: выхад.

Выйсьці выхадам празь дзьверы. Выйсьці, выдыхнуць, дыхнуць празь дзьверы далей без уваходаў далей — толькі йсьці.

І гэтак — Далей.